大风诗丛

徐向中 主编

心泉流韵

柳振君 著

中国书籍出版社
China Book Press

图书在版编目（ＣＩＰ）数据

心泉流韵 / 柳振君著. -- 北京 ： 中国书籍出版社，
2023.11
　　（大风诗丛）
　　ISBN 978-7-5068-9647-4

　　Ⅰ．①心… Ⅱ．①柳… Ⅲ．①诗集－中国－当代
Ⅳ．①I227

中国国家版本馆CIP数据核字(2023)第216446号

心泉流韵

柳振君　著

策划编辑	毕　磊	
责任编辑	毕　磊	
责任印制	孙马飞　马　芝	
封面设计	郝　丽	
出版发行	中国书籍出版社	
社　　址	北京市丰台区三路居路97号（邮编：100073）	
电　　话	(010)52257143（总编室）　（010)52257153（发行部）	
电子信息	eo@chinabp.com.cn	
经　　销	全国新华书店	
照　　排	徐州盛景包装设计有限公司	
印　　刷	徐州市环城印刷有限公司	
开　　本	787mm×1092mm　1/16	
字　　数	1763千字	
印　　张	138	
版　　次	2025年2月第1版　　2025年2月第1次印刷	
书　　号	ISBN 978-7-5068-9647-4	
定　　价	560.00元(全7册)	

悠悠雅韵　浩浩诗风

——《大风诗丛》总序

徐州,自《徐人歌》《大风歌》而后,两千多年来,风骚灿烂,作家星布,代出奇才,不可胜数。徐籍大家刘邦、刘彻、刘交、韦孟、刘细君、徐悱、刘商、刘孝绰、刘令娴、刘禹锡、李煜、陈师道、刘端礼、刘彦泽、陈铎、马蕙、李向阳、阎尔梅、万寿祺、李蟠、张竹坡、孙运锦、张伯英、祁汉云、王学渊、韩志正、周祥骏等,光耀史册,激励后来。

新中国建立,特别是改革开放四十多年来,经济发展,社会进步,生活安定,舆论宽松,中央倡导弘扬优秀传统文化,推进精神文明建设,增强文化自信,故而吟诗填词,好者群出,一时比学赶帮,人才济济,结集成册,遂成时尚。近年来,徐州诗人荣获国家、省、市诗歌大奖者络绎不绝,所刊之诗词集,何止百部,真个前所未有。2013年,徐州更是荣获"中华诗词之市"光荣称号,实为众星捧月之果,其华熠熠,遐迩争誉。

今年,柳振君、刘学继、王惠敏、李贤君、马广群、郑红弥、黄亮,联袂出版《大风诗丛》,这是徐州吟坛又一喜事。他们既有笔耕多年、声名远播的老手,也有写作不久,但才华颇深的中年,还有1980年代的后起之秀。笔者不揣浅陋,为作总序。因行文过长,遵出版社建议,故将所写每位作者的内容单独提出而各自成篇。

柳振君先生是老作家,曾出版诗集《龙的礼赞》、散文集《匆匆》和《硬笔书写中国古代绝妙诗词一百首》,在全国诗歌、散文大赛中多次荣获大奖。本册《心泉流韵》多是近年作品,有格律诗、自由体诗、配图诗,共五部分、127首。

第一部分《爱我中华》。其中《龙的礼赞》,不但揭示了"龙"的原有寓意,以及中华民族数千年来不间断的跋涉痕迹、奋斗勋业,而且还进一步丰富了中国龙的时代内涵,那就是:中华大地处处是龙,炎黄儿女人人是龙,他们共同为民族的复兴、腾飞而紧密团结、开拓进取。其它篇幅,有毛泽东的丰功伟绩,周恩来的高尚人格,汉字的巨大作用和深远意义,长城的历史烽烟和深刻含义,壶口瀑布的雄奇气魄,壮丽天山的美不胜收,大运河的开凿历程、航运功绩、丰富文化,澳门回归的喜悦与骄傲,宜兴茶与壶的互补与韵味,水乡周庄的房、桥、烟火,枫桥镇的艺术与美食,伊犁的刀光剑影、蓝天白云、草海神话、湖光山色,北海的银滩、金滩、红树林、涠洲岛、冠头岭、百年老街,如此等等,每一篇,都令人眼明心热,情怀激荡。

第二部分《家乡明月》。徐州悠久辉煌的历史、深沉厚重的人文、四布的名胜古迹、辈出的英雄豪杰、诗人艺匠、新时代的锦绣山川、发达的交通网络、蒸蒸日上的市井百业,戏马台、云龙山、故黄河、霸王山古唐槐、亿吨大港,等等,作者一一道来,并提炼出:一座中国英雄城!一座中国文化城!一座中国情义城!一座中国美丽城!所有这些,诵之自豪,思之味永。

第三部分《心泉流韵》。有忆念双亲、赞扬英模、民俗节庆、生活杂感等。其中对双亲的忆念,最为感人。如:

《清明思念》第三节

又是一年清明节/又是一阵雨纷纷/又是一壶杏花酒/又是一次欲断魂/娘啊,娘! 我永远的亲娘/千金难买死回生/寸草难报三春晖/莫道儿不在身边/魂牵梦绕永相随!

"莫道儿不在身边,魂牵梦绕永相随",这两句,既表达了对慈母刻骨铭心的思念,也说出了许多做儿子的心中所有、笔下所无的心里话。

寄给天堂的母亲

春来了/艳阳高照/鲜花盛开/我用春风作剪刀/剪一片美丽的云彩/做成美丽的信笺/风儿作笔/星儿作字/写上真诚的祝福/让青鸟/传给天堂的母亲/母亲回音/化作滴滴春雨/流在我的脸上/那是思儿的泪/慈母的体温尚存

本诗用先扬后抑的手法,通过美丽的联想,选取鲜明的景物,寄托对慈母的怀念。尤其用反衬法,不说儿子思母,而是说母亲念儿,这就更增强了思母的沉痛感、浓重感。

手捧着父亲骨灰盒

手捧着父亲骨灰盒/慈爱的余温依然/温暖着我的心窝/悲伤的泪水千滴万颗/滴滴心碎/颗颗流血/手捧着父亲的骨灰盒/才真正感知/什么叫肝肠碎断/什么叫生死离别/从此后阴阳两隔/再也看不到您的容颜/再也听不到声声唤我/手捧着父亲的骨灰盒/遥想着九界天国/儿子现在能做的/唯有祝愿/祝愿您一路走好/但愿通向天堂的途中/再也不要象人间/这般坎坷

此作情与物、实与虚、悲伤与祝愿水乳交融,言出肺腑,尤其结尾两句,含而不露,但却包蕴了父亲一生的艰难困苦。上举三首,作者所抒发的对父母的爱,至情至性,读后鼻酸,令人泪目。

第四部分《图影诗意》。基本都是作者旅迹所至摄影兼配诗的内容。诗画互补,相得益彰。读诗助解画意,观画可会诗情。画为诗供材,诗为画升华,既可诵,又可感,各呈风采,别有韵味。

第五部分《诗论诗家》。选取屈原、李白、杜甫、白居易、王维、王之涣、李贺、刘禹锡、柳宗元、苏轼、辛弃疾、李清照、陆游、秋瑾、毛泽东等古今15位诗人，依据各自作品文本，兼及他们的品格抱负、人生履历、诗歌成就和对后世的影响，以自由体诗的形式，予以评说，不但体现了"论从史出"的原则，而且具有自己的鲜明观点和独特识见。因后附美学家徐放鸣教授的详析，此不赘述。

《心泉流韵》是一幅五彩斑斓的抒情画卷，作者通过个人的切身体验，对生活进行理性的思考后，发而为诗，体现了爱国爱乡、致敬先贤、颂扬英模、讴歌至亲、咏赞山河等的博大情怀、高远眼光、清雅心境。有的恢弘大气，有的豪迈奔放，有的委婉曲折，有的情思绵邈，等等，内容丰富，文字真挚，情绪饱满，发人深思，给人启迪。

为此，特赞一阕《渔家傲》

百首新诗传美意，心泉流韵呈高致。家国情怀扬浩气。钦老骥，奋蹄不懈攀精艺。放眼神州真旖旎，毫端风采惊才智。清雅篇章多振志。彰大义，春风甘露滋人世。

综括，七位作者的诗词集，基本体现了各自水平，所抒发的美好、真善、爱憎，都是发乎内心的，都有着明显的地域特色和时代特征，从中可以感受他们良好的文学修养以及深厚的生活积累。悠悠雅韵，浩浩诗风，本丛书的出版，也从一个侧面，印证了徐州诗坛创作的兴旺红火，但愿能得到读者的欢迎喜爱。最后，谨以一阕《清平乐》为贺：

诗词七卷，各把真情献。尽敞胸襟歌美善，耀目缤纷灿烂。

欣逢家国隆昌，和风喜伴春阳。助力文明进步，绵绵心曲流香。

徐向中

2023年10月

自序

诗意人生与人生诗意

所谓诗意人生
就是于无诗处读出诗来
如同李太白
遥望瀑布挂前川
疑是银河落九天
如同陶渊明
采菊东篱下
悠然见南山

所谓人生诗意
就是于有诗处吟出诗来
如同苏东坡
游黄冈赤壁
而放歌
大江东去
浪淘尽千古风流人物
如同辛弃疾
登北固山亭
而感叹
千古兴亡多少事
不尽长江滚滚流

诗意人生
诗无处不在
人生诗意
诗丰富人生

目录

>>> 心泉流韵

目录

>>> 图影诗意

目录

目录

>>> 诗论诗家

爱我中华

人民不仅有权爱国，
而且爱国是个义务，
是一种光荣。

——徐特立

龙的礼赞

谁也没听过你的声音
谁也没见过你的身影
可是每一个炎黄子孙都崇拜你
因为你是华夏民族的象征

我们崇拜你——
你是优化的精灵
能走能飞,能巨能细
随心所欲伸和屈
上可升天,下可入渊
隐现自如幽与明
四极八荒任遨游
呼风唤雨显神通

我们崇拜你——
你是勇猛的象征
不信翻开辞海看看
"龙盘虎踞""龙腾虎跃"
"龙争虎斗""龙马精神"
哪一个表现勇猛的词汇不是用"龙"

作为动物中的神异
历史上你也一度被少数人占用
"龙颜""龙袍""龙床""龙廷"

2

你成了封建帝王的象征
然而"龙"终究是属于人民大众的
想把"龙"占为己有的最终都是短命

当历史的脚步跨进新千年的大门
中国龙迎来了千年等一回的喜庆
喜看今日之神州 ——
千里长江是龙
万里长城是龙
巍巍群山是龙
茫茫大海是龙
飞驰的列车是龙
升腾的卫星是龙
白胡子老人是龙
红领巾少年是龙

九百六十万平方公里土地是龙的家乡
五十六个民族组成龙的超级家庭
五洲四海到处可见龙的风采
全球各地到处都有龙的精英
龙年千禧龙振奋
龙奋神威展雄风
十三亿"龙"的传人对着地球一声吼
龙属于中国,中国属龙

(写于2000中华龙千禧年,在"中国世纪大采风"活动中荣获金奖,入编《建国六十周年爱国文典》)

唱给韶山太阳

——为纪念毛泽东诞辰一百一十周年而作

站起,您是昆仑、泰山

卧下,您是长江、黄河

从韶山冲上屋场到天安门广场

您走过八十三年人生里程

呕心沥血缔造了一个伟大的党

还有伟大的中华人民共和国

一句"全心全意为人民服务"

成为中国共产党永恒的宗旨

一声"中国人民从此站立起来了"

兴奋了华夏儿女,震撼了三山五岳

不断变化的是运动的物体、矛盾的事物

凝结定格的是爱您的情感、颂您的赞歌

韶山日出永远是全球最壮丽的风景

中国革命永远是世界最辉煌的一页

穷与富

——谨以此诗纪念周恩来总理逝世四十周年

论穷
您穷得不能再穷
作为一国总理
工作人员在料理
您的后事时
竟然找不到一件新衣
最终您还是穿着一件旧衣
离开了这个世界
留下的是
一身正气
两袖清风
您身后没有一个子女
没有一处房产
没有一块墓碑
就连骨灰
也没留下一把
全部撒向了
祖国的江河湖海
崇山峻岭

论富
您富得不能再富
您虽然没有自己的子女
却有亿万中华儿女

爱我中华

继承您的精神遗产
忠守您的高尚魂灵
想当年十里长街哭总理
九亿人民同悲声
就连联合国也为您
破格下半旗
只因为您的人格魅力
让世界感动
您虽然没有一处房产
但在九百六十万平方公里的
祖国大地上
您同毛泽东一样
是永恒的主人翁
您虽然没有一块墓碑
但您的墓碑却无比高大
巍然屹立在全国人民心中
与日月同辉
共天地永恒

啊！敬爱的周总理
您是一本充满哲理的书
把穷与富的辩证关系
阐释得如此透彻
实践得如此完美
今天当我捧读您这本书时
才深刻领悟到其中精妙
每一字都凝聚着
对人民的大爱和无私
每一句都凝聚着
对祖国的大爱和忠诚

（写于 2016 年 1 月 8 日）

南湖红船

爱我中华

裹着风雨
挟着雷电
划破黑暗的封锁
划出东方既白
划出中国共产党成立的宣言

从此南湖红船
沿着革命航线 ——
划出了"八一"南昌起义的一声枪响
划出了井冈山根据地的星火燎原
划出了遵义会议的正确决定
划出了延安窑洞的灯火灿烂

划出了西柏坡革命到底的捷报频传
划出了天安门广场五星红旗的迎风招展
划出了社会主义建设的英雄史诗
划出了改革开放的壮丽画卷
划出了全面小康的人民幸福
划出了中华崛起的大国尊严

啊！南湖红船——
历经九十年风雨沧桑
如今您已成长为一艘红色巨舰
八千万党员是您忠实的水手
十三亿人民是您巨大的能源
"共产主义"是您远大的目标
"一定要实现"是您坚定的信念

我们期望,期望南湖红船
乘长风破万里浪,勇往直前
我们祝愿,祝愿南湖红船
一路高歌,驶向胜利的彼岸

（本文是为庆祝中国共产党成立90周年而专为嘉兴南湖革命纪念馆所创作,并由时任徐州大地书画院院长胡立柱先生书写成长卷,于2012年6月30日,献给南湖革命纪念馆收藏）

鲜红的党旗迎风飘

——喜迎党的二十大

开天抡巨斧

劈地挥镰刀

鲜红的党旗

迎风飘

战火中靠您

冲锋中靠您

枪林弹雨浑不怕

甘洒热血化碧涛

开天抡巨斧

劈地挥镰刀

鲜红的党旗

迎风飘

改革中靠您

开放中靠您

披荆斩棘勇向前

泰山压顶不弯腰

开天抡巨斧

劈地挥镰刀

鲜红的党旗

迎风飘

复兴中靠您

圆梦中靠您

不忘初心为人民

共产主义是目标

开天抡巨斧

劈地挥镰刀

鲜红的党旗迎风飘

百年风雨磨意志

百年惊涛洗征袍

百炼成钢铸辉煌

百岁风华正繁茂

今日喜迎二十大

明天前程更美好

（2022 年 10 月 13 日《今日头条》选用）

心泉流韵

10

仓颉造字鬼神惊

论开天辟地
您没有盘古的神勇
论遍尝百草
您没有神农的丰功
论钻木取火
您没有燧人氏的开拓
论治国理政
您没有尧舜的贤明
可是在中华五千年
发展史上
您却有显赫的功劳
创造汉字
开启文明

假如没有您
炎黄子孙
还要延续结绳记事
李斯也难创篆书
羲之也难为书圣
假如没有您
庄子也难有《逍遥游》
老子也难有《道德经》
吴承恩也难有《西游记》
曹雪芹也难有《红楼梦》

更别说
唐诗宋词元朝曲
无您一首也难成

神哉我汉字
模天范地
拟物象形
指事会意
明确分工
伟哉我汉字
横平竖直
沉稳方正
育人身心
养人品性
继往开来
靠你担当
复兴圆梦
赖汝有成
助大国崛起
展华夏雄风

若问汉字谁创造
仓颉造字鬼神惊

（写于 2021 年 8 月 19 日）

心泉流韵

长城颂

　　一位外国友人在游览长城时，说过这样一段富有深刻哲理的话，"每一块砖石，用处很有限，只有当他们被砌成长城，才真正发挥出砖石的功用。中国人正像这些长城上的砖石，零散的个人，力量毕竟有限，唯有当他们团聚在一起的时候，才真正显示出民族整体力量的伟大。"

　　万里长城 ——
　　一听名字便让人肃然起敬
　　长城万里 ——
　　登上一段便让人铭记一生

　　头枕嘉峪关 ——
　　看大漠孤烟，长河落日
　　听雁叫霜月，鼓角争鸣
　　尾连山海关 ——
　　看波涛翻滚，白浪滔天
　　听山风阵阵，海啸声声

　　一路走来 ——
　　你经历了秦之衰、汉之兴、唐之强盛
　　一路走来 ——
　　你目睹了宋之昏、元之霸、清之无能
　　看硝烟四起，山河破碎

你滴血流泪

听战鼓咚咚,捷报频传

你起舞庆幸

难忘二〇〇七年七月八日凌晨

新世界七大奇迹颁奖仪式在葡萄牙举行

你以最高票数名列榜首

那一刻,全世界的目光都注视着你 ——

中国长城

然而,我们深知你内涵丰富博大精深

单是"奇迹"两字怎能完全包容

蜿蜒起伏,穿山越岭

你是一条威猛的巨龙

顶天立地,昂首苍穹

你是中华民族不屈的象征

你用一块块古老的砖石

筑起一个永恒的真理

团结的力量最为强大

所向披靡,无往不胜

（原载《中华风》入编建国六十周年爱国文典）

壶口瀑布

作为"壶口"
你容量最大 ——
黄河之水天上来
被你一口吞下
然后又毫无保留地吐出
哺育了五千年文明的华夏

作为"歌喉"
你声音最大 ——
一曲"黄河大合唱"
震撼三山五岳
激励中华民族
胜过千军万马

作为"画家"
你气魄最大 ——
九曲黄河泼墨
万里碧空展纸
绘出一幅
汹涌澎湃顶天立地的国画

（写于 2000 年夏）

天山颂

山在天上

天在山里

于是便有了伟大的名字

天山

雪中有云

云中有雪

天山雪

是你特有的容颜

火焰山

是你火热的胸膛

赛里木湖

是你明亮的大眼

你的裙带飘舞

便成了碧波荡漾的伊犁河

你的头巾飞落

便成了那拉提大草原

你的乳汁凝结

便成了吐鲁番葡萄、哈密瓜

你的血液流淌

便成了克拉玛依大油田

胡杨作笔

天池作砚

一百六十万平方公里大地作画板

绘成一幅江山多娇的自然画卷

永恒的挂在中国西域

千秋壮美

万载靓艳

啊！天山

横贯东西

你是一根巨大的脊柱

撑开南疆、北疆双翼

托起新疆——

悠久的昨天

辉煌的今天

灿烂的明天

（写于 2006 年，原载《中华风》）

爱我中华

17

大运河之歌

  题记：水是人类生命的源泉，它孕育着世界上万事万物，丰富着人类社会文明史。中国大运河是世界上开凿时间最早、流程最长的人工运河，它与万里长城一道被列为世界最伟大的四大古代工程之一。千百年来，它滋养广袤大地，哺育着亿万民众，扬波为曲，荡帆为歌，传唱着中华民族生生不息、奔腾向前的历史，书写着华夏神州顽强拼搏、奋发图强的辉煌。2014年6月中国大运河"申遗"成功。大运河不仅是中国的骄傲，也是世界的自豪。

历史篇

循着波涛

追着浪花

我们溯源而上

上到公元前四百八十六年

再从扬州的邗城出发

沿着清江到达淮河

揭开历史的面纱

拂去春秋战国烟云

看到吴国的强大

击败楚、越之后

又图北上争霸

为给强大的水军

开出一条水上通道

于是便有了开挖邗沟的壮举

从此大运河有了破天荒的第一段

波翻浪起

引来千帆竞发

循着波涛

追着浪花

我们溯源而上

上到公元六百〇五年

放眼隋朝天下

面前犹见百万民工

挥锨举镐

耳畔犹闻劳动号子

响彻天涯

首开通济渠

疏浚山阳渎①

再开江南河

后开水济渠

从此大运河冠上"京杭"的定语

南起余杭

北达涿郡（北京）

纵贯冀、鲁、豫、皖

苏、浙六省

连接海河、黄河、淮河

长江、钱塘江五大水系

一路奔腾

名扬天下

---

① "山阳渎"即古邗沟。

经济篇

循着波涛

追着浪花

我们探寻大运河经济

大运河经济

繁荣昌盛

兴旺发达

一河开通

开出一条黄金水道

南粮北运

北材南下

一时车马少于船

兼济丝、竹、盐、酒、茶

一河开通

开出两岸沃野千里

滋养出南方的稻米

北方的高粱

五谷丰登

滋养出东部的猪、羊

西部的牛马

六畜兴旺

滋养出山川平原

绿树成荫

滋养出村前村后

鸟语香花

促进了南北种植

互通有无

致富了亿万民众

兴业发家

一时间运河两岸

成了人口最密集的区域

"绿树村边合

青山郭外斜

开轩面场圃

对酒话桑麻"

成为人间最美图画

一河开通

开出一条城市群带

北有京、津

西有长安

南有苏、杭

中有开封、洛阳

还有沧州、德州、临清、

聊城、济宁、徐州府

还有宁波、嘉兴、绍兴、

镇江、常州和淮、扬

一座座星罗棋布

光明如珠

一座座灯华辉煌

锦绣繁华

大运河经济

兴了南北

利了天下

文化篇

循着波涛

追着浪花

我们探寻

探寻大运河文化

大运河文化

丰富多彩

精深博大

大运河文化是多元的 ——

它融合着

"塞上秋风白马

江南春雨杏花"

它融合着

孔孟儒学

程朱理学

它融合着

老子、庄子

诸子百家

它融合着

中原多民族文化

链接中亚文化

在扬州"三湾"沿岸^①

至今保留着世界"四大"宗教

活动著名场所

---

① "扬州三湾"：古运河扬州城区段从瓜洲至湾头全长约30公里，构成著名的"扬州三湾"。另据传"普哈丁"系伊斯兰教先知穆罕默德女婿阿里支系第16世裔孙。

琼花观(道教)与高旻寺(佛教)交流

普哈丁墓园(伊斯兰教)同天主教堂对话

大运河文化是多彩的

在这里我们可以欣赏

河南豫剧,河北梆子

南腔北调

在这里我们可以感受

戏祖昆曲、国粹京剧

戏曲精华

在这里我们可以品味

最优美的唐诗宋词

"江南忆,最忆是杭州"

"烟柳画桥,风帘翠幕

参差十万人家"

在这里我们可以阅读

最经典的"四大名著"

观"三国"风云

览"水浒"梁山

学唐僧取经

悟红楼梦话

大运河的文化是多味的

早晨享受扬州富春包子

中午品尝苏州松鼠桂鱼

晚上畅饮窑湾绿豆烧

清饮杭州龙井茶

五香脱骨、肉嫩味纯

是德州扒鸡

色泽红艳、外脆里嫩

是北京烤鸭。

到天津有狗子"狗不理"①

到徐州有彭祖汤叫"饣它"②

更有济宁"玉堂酱菜"味道美

亮相米兰世博会

微甜微咸全球夸③

大运河文化

教化了大众

和谐了天下

未来篇

大运河的昨天历史辉煌

大运河的明天生机勃发

"保护好,传承好,利用好"

党中央领导英明决策④

天下感召

制定《纲要》,建立《制度》⑤

中办、国办出台文件

千帆竞发

喜看今日之运河

① "狗子":传说"狗不理"包子的创始人名叫高贵友,乳名"狗子"。

② "彭祖与"饣它汤":徐州"饣它汤"源自于4000年彭祖为给尧帝治病而精心制作的"雉羹",尧帝喝后病除。后来乾隆皇帝下江南路过彭城品尝后甚爱,问"此汤啥名?"没有文化的厨师随口说道"饣它(音shá,音啥)汤"。乾隆回宫后传诏封名"饣它汤",为"天下第一羹"。

③ 济宁"玉堂酱园"原是清朝康熙年间苏州戴家所开,因味甜少市场,后转孙家经营,采用南方技术,融合南北风味,形成"微咸微甜"特色。在2015年的米兰世博会上,玉堂酱菜被授予"世博百年名牌企业"。再次向世界展示了大运河文化孕育的厚重底蕴。

④ 2017年6月,习近平总书记作出了"大运河是祖先留给我们的宝贵遗产,是流动的文化,要统筹保护好,传承好,利用好"的重要指示。

⑤ 2019年2月,中共中央办公厅、国务院办公厅印发《大运河文化保护传承利用规划纲要》,同年6月,国务院办公厅印发实施《大运河文化保护传承利用工作省部际联席会议制度》。

经济长廊、文化长廊、生态长廊
绵延千里
文化场馆、博物场馆、艺术场馆
四面开花
春行唯美扬州
品读运河渊源①
夏游"天子津渡"
聆听运河佳话②
我们欣喜看到
古老的运河魅力
正由文旅融合释放
崛起"雄安"
辉跃"丝路"
振兴京、津、冀
繁荣"长三角"
我们深切感到
新生的运河活力
正由经济发展放大

我们坚信
坚信大运河的未来
一定是大写的辉煌
辉煌世界
惊艳天下

（写于 2019 年 12 月上旬，原载《华文月刊》）

---

① 2019年4月，古城扬州举办了以"春行唯美扬州，品读运河渊源"为主题的研学旅行活动，将大运河的传奇镌刻在青少年心中。

② "天子津渡"：天子津度遗址公园位于天津红桥区北大关，是当年靖难之役燕王朱棣南下渡河之处，朱棣称帝后，以此为福地，赐名"天子津渡之地"。

拥抱澳门

1999 年 10 月 10 日，我从南京乘机飞往澳门，时在空中，浮想联翩，有感而作。

白云铺路
清风引领
我飞向澳门
一腔亲情

一年三百六十五天
月缺月圆
一世纪一百个年轮
潮落潮涌
月圆，您的心难圆
潮落，我的心难平
自从您被那罪恶的魔爪强夺
与祖国母亲分离
您一直把泪含在眼里
我一直把恨埋在心中

当紫荆花盛开的时候
当维多利亚海湾欢腾的时候
当"米"字旗落下的时候
当五星红旗升起的时候

心泉流韵

我从心底发出呼唤
归来吧,澳门
最温暖的港湾
还是祖国大家庭

掀过去
掀过去百年屈辱历史
迎过来
迎过来扬眉吐气的喜庆
明日,澳门
您就要归回母亲的怀抱
作为同胞
我该怎样表示欢迎

有人劝我
舞长江为带向您祝贺
有人劝我
举太湖为酒给您助兴
有人劝我
以天作锣敲个神州第一响
有人劝我
用地当鼓擂个华夏展雄风
我说,最好还是紧紧地将您拥抱
再不要承受骨肉分离的伤痛

(原载《农民日报》)

一把壶与一座城

上天偏爱宜兴

赐与奇特泥巴

宜兴不负上天

造出陶壶紫砂

壶中有

日月星辰

风水火花

霜雪冰冻

露雾云霞

壶中还有

竹篱茅舍

秦砖汉瓦

诗词歌赋

琴棋书画

塞北大漠

江南杏花

英雄美人

金戈铁马

大千世界一壶装

沧海桑田尽入茶

壶

兴了宜兴

茶

醉了天下

注：宜兴，位于江苏省南部，地处太湖西岸的苏浙皖三省交界处，是我国著名的紫砂壶出产地，享有"陶都"的美誉。宜兴市的丁蜀镇因为制陶技艺而名扬四方。这片泥土与火焰交织的神奇之地，曾经有30多座龙窑，"十里窑烟"，景象壮观。宜兴紫砂，兴于宋初，盛行于明清，集文化艺术于大成，穿越千年时空，是土与火的绝美赞歌。壶中乾坤，惹人痴迷。宜兴古称阳羡，其南部山区多产茶叶，是中国最享有盛名的古茶区之一，也是中国重要的茶叶基地之一。

（原载《宜兴日报》）

爱我中华

水乡周庄

（外一首）

比起石家庄您不够阔大
可您的名字却比它响亮
比起台儿庄您不够雄壮
可您的柔美却比它超强
老子曰"上善若水"
您做足了水的文章
四面环水，因河成镇
您是中国有名的第一水乡

比起雄伟的长江大桥
您的小桥不够宽长
比起古老的赵州石桥
您的小桥不够沧桑
可是世间的金桥银桥
谁有双桥那样荣幸
在大师的笔下化作
"故乡的回忆"
成为联合国首日封图案
享誉五洲四海名扬

这里虽然没有北京烤鸭
金华火腿
却有万三猪蹄入口留香
这里虽然没有贵州茅台
泸州老窖
却有万三黄酒回味绵长
这里虽然没有黄山毛峰
西湖龙井
却有风味独特的阿婆茶
喝上"三开"淋漓酣畅

在这里我们可以欣赏
庄田落雁
急水扬帆的奇观
在这里我们可以领略
桥从门前进
船自家中过的风光
在这里夜游
可见灯光古桥泛船影
在这里听戏
可知柳梦梅思念杜丽娘

一街一巷都是梦
身在此间如天堂
若问这里是何处
外婆桥畔有周庄

爷爷的拐杖

爷爷的拐杖

指点过北国

指点过南疆

指点过大海日出

指点过高山水长

可是到了周庄

一时失业下岗

人如返老还童

浑身都是力量

注：周庄镇，古称泽国，隶属于江苏省苏州市昆山市，位于昆山、吴江、上海三地交界处。古镇依水而建，而水亦环绕着古镇。镇上水路纵横，明清老建筑依河而建。画家陈逸飞笔下的双桥，形象地刻画出了小桥流水人家的温柔和美丽。镇上有明代江南第一富豪沈万三的故居。万三蹄是沈万三家招待贵宾的必备菜，"家有筵席，必有酥蹄"，经数百年的流传，已经成为周庄人过年过节、婚宴中的主菜，也是招待宾客的上乘菜肴。 周庄阿婆茶历史悠久，正如去了北京必须去长城一趟。到了周庄参观了一圈，不喝上一杯阿婆茶，不算真正来周庄了，客人喝"阿婆茶"至少要喝"三开"（即冲三次开水）柳梦梅和杜丽娘是昆曲《牡丹亭》中的主人翁。

心泉流韵

诗意枫桥

这里不是

寒山寺夜半钟声

敲响的地方

也没有张继

"江枫渔火对愁眠"的惆怅

但却孕育出

王冕墨梅

铁崖诗体

还有老莲画风的

对比夸张

枫桥三贤

天下名扬

这里不是

金戈铁马的理想疆场

也没有李逵板斧

鲁达禅杖

但却有久远的

尚武之风

演变出全堂拳棒

武将迭出

威震八方

论风景

这里有枫溪的绮丽

论靓女

这里是西施的故乡

论特产

这里有亿年香榧

论民俗

这里有十里红妆

论美食

这里有清汤越鸡

香气扑鼻

入口难忘

论发展

这里有枫桥经验

长治久安

民富镇强

更有千年文化的

琼浆玉液

将您滋养得

腹有诗书

娟秀端庄

人皆有梦

我梦奢望

奢望您成为诗意的新娘

我则是那

执子之手

与子偕老的新郎

注：枫桥镇，隶属于浙江省绍兴市诸暨市。枫桥经验，是指20世纪60年代初，诸暨县（现诸暨市）枫桥镇干部群众创造的"发动和依靠群众，坚持矛盾不上交，就地解决，实现捕人少，治安好"的"经验"。为此，1963年，毛泽东就曾亲笔批示"要各地仿效，经过试点，推广去做"。"枫桥经验"由此成为全国政法战线的一面旗帜。"枫桥三贤"是指王冕、杨维桢、陈洪绶这三位在中国书法史、中国绘画史乃至整个中国文化史中享有崇高地位的艺术大家。这三位都是浙江诸暨枫桥人。枫桥主要特产是香榧，享有"中国香榧之乡"之美誉。枫桥的另一名产是"越鸡"，用此鸡做的名肴叫"清汤越鸡"。

（写于2018年3月30日）

爱上伊犁留个影

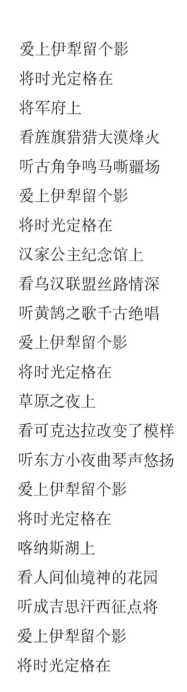

爱上伊犁留个影

将时光定格在

将军府上

看旌旗猎猎大漠烽火

听古角争鸣马嘶疆场

爱上伊犁留个影

将时光定格在

汉家公主纪念馆上

看乌汉联盟丝路情深

听黄鹄之歌千古绝唱

爱上伊犁留个影

将时光定格在

草原之夜上

看可克达拉改变了模样

听东方小夜曲琴声悠扬

爱上伊犁留个影

将时光定格在

喀纳斯湖上

看人间仙境神的花园

听成吉思汗西征点将

爱上伊犁留个影

将时光定格在

赛里木湖上

看琼瑶玉池琥珀蓝光

听切旦蜜语诉说衷肠

爱上伊犁留个影

将时光定格在

那拉提草原上

看绿色海洋拥抱蓝天

听银河织女对话牛郎

爱上伊犁留个影

将时光定格在

八卦城上

看天下奇观神秘迷宫

听乌孙古道马蹄回响

爱上伊犁留个影

将时光定格在

白石峰上

看白云飘渺雄鹰高翔

听泉水叮咚天风浩荡

爱上伊犁留个影

将时光定格在

伊犁河上

看中哈纽带源远流长

听大河呼吸绿肺开张

爱上伊犁留个影

将时光定格在

每一个留恋的地方

看塞外江南四时如画

听追梦步履坚实铿锵

爱上伊犁留个影

留个影地久天长

伊犁将美好留给我

我将伊犁珍藏心上

心泉流韵

注：（1）汉家公主细君嫁到乌孙国后非常思念家乡，写下了千古绝唱"黄鹄歌"，被称为我国古代第一首边塞诗。

（2）《草原之夜》是电影纪录片《绿色的原野中》插曲，由田歌谱曲、张加毅填词，被誉为"东方小夜曲"。诞生地伊犁霍城县建有"草原之夜风情园"。

（3）喀纳斯湖享有"人间仙境、神的花园"美誉，景区内有成吉思汗西征军点将台遗址。

（4）切旦为赛里木湖爱情神话故事传说中的女主人公。

（原载《伊犁日报》）

汤旺河:天上掉下个"林妹妹"

题记: 汤旺河系黑龙江水系的松花江下游的一条主要支流。汤旺河区位于黑龙江省伊春市东北部小兴安岭顶峰。汤旺河林海奇石风景区是国家森林公园、国家地质公园、国家 5A 级旅游景区,素有"兴安明珠"美誉。

红松成"林"
青山如"黛"
奇石似"玉"
您是名符其实的
"林黛玉"
湖镶宝石
水绕裙带
若非天赐人间
您怎会如此美丽

春花早放
那不是"蜡梅"
也不是"迎春"
那是冰凌花的神奇
顶冰而出
凌雪而开
傲然独放
独放在北国冰雪里
打破漫长的隆冬

留给人们的沉寂
捧出夺目的"金盏"
呼唤梦中的维纳斯

夏天热烈
看,万顷绿洲
千里林立
百怪奇石
听,松涛阵阵
泉水叮咚
鹿鸣鸟啼
身乏了
心累了
来一次浪漫的漂流
让心灵回归自然
在原始森林的氧吧中
尽情地呼吸

秋来艳美
明湖如镜
蓝天如洗
白桦林似一团火焰
光照大地
一颗颗松塔
长满故事
一根根松针
蕴藏奇迹
秋风游戏红松林

心泉流韵

分享打拾松籽的乐趣
秋日许愿情侣树
红绳伴随松香缕缕
天赐美景落林川
群山争艳树争奇
当年杜牧今若在
坐爱此景归更迟

冬至壮丽
冰的雕像
雪的模特
银的素装
火的热情
汤旺河的冬天
美得雄壮辽阔
美得梦幻神奇
爱是汤旺河的主调
轰轰烈烈
热热闹闹
欢欢喜喜
滑雪场上
多姿多彩
龙腾虎跃
校园里边
冰柔旋转
足球飞起
更为精彩的是
水上龙舟竞赛

奋勇争先
情万丈
融化冰天雪地
恨,是汤旺河
冬天的个性
横眉冷对千夫指
冰刀所向全无敌
荡涤污泥浊水
封杀独菌蛇虫
还大千世界一片净洁
扬天地之间浩然正气

啊! 汤旺河
天上掉下个林妹妹
美在小兴安岭
秀在人民心里

注:冰尜,亦称"冰陀螺",是北方民间的一种冰上运动,中国儿童冬季游戏,流行于北方地区。

（写于 2017 年 3 月）

北海组歌

　　北海，是广西壮族自治区地级市，地处广西壮族自治区南端，北部湾东北部，是古代"海上丝绸之路"的重要始发港，是国家历史文化名城、广西北部湾经济区重要组成城市。北海区位优势突出，是中国西部地区唯一列入全国首批 14 个进一步对外开放的沿海城市，同时也是中国西部唯一同时拥有深水海港、全天候机场、高速铁路和高速公路的城市。北海因其得天独厚的地理区位，旅游资源十分丰富。此处不仅有蓝天碧海，更有银滩、涠洲岛、冠头岭、红树林和百年老街。漫游北海，满眼皆景，美不胜收，心旷神怡，诗从心来。

银　滩

　　北海银滩位于广西北海市银海区，为国家级旅游度假区，沙滩均由高品位的石英砂堆积而成，在阳光照射下会泛出银光，故名银滩，享有"天下第一滩"的美誉。她东西绵延 24 公里，以滩长平、沙细白、水温净、浪柔软、无鲨鱼、无污染的特点称奇于世。这里空气清新自然，负氧离子含量是内陆城市的 50～100 倍，年平均气温 22.6 摄氏度，是康复休养的好环境。

北海银滩

一听名字

便让人爱恋

二十四公里

一看长度

便让人惊叹

夏有夏的清凉

心泉流韵

冬有冬的温暖
春来秋至
更为烂漫 ——
岸上鲜花
连着岸边银沙
岸边银沙
连着碧海蓝天
蓝天上飘着
洁白的云彩
云彩下张扬着
远行的风帆
一群群鸥鹭
戏着朵朵浪花
一朵朵浪花
追着游鱼撒欢

选一片理想的
银滩
享受最美的
睡眠
任海风吹拂
头发
任海浪拨动
心弦
将胸中块垒
抛到云外
让疲惫心灵
回归自然

直到一轮明月

从海上升起 ——

银滩醉了

北海醉了

游人也醉了

此时清醒的

只有天上的

牛郎织女

眨着双眼

羡慕人间

涠洲岛

涠洲岛位于广西北海市北部湾中部，是我国最大最年轻的火山岛。岛上风光迤逦，素有"大蓬莱"仙岛之称。踏上这座火山岛，奇特的海蚀海积地貌与火山熔岩景观扑面而来：猪仔岭憨态可掬，鳄鱼石栩栩如生，滴水岩泉水叮咚，红色火山岩好像刚刚喷发过。位于盛塘村的法国天主教堂，更是在 19 世纪末就落户岛上。四百多年前，明代著名戏剧家汤显祖游览该岛，写下"日射涠洲廓，风斜别岛洋"的诗句。1938 年 9 月 13 日起，涠洲岛沦于日寇野蛮统治七年之久。1945 年 6 月 18 日，涠洲岛人民奋起歼灭残寇，涠洲光复。1950 年 3 月 6 日，中国人民解放军渡海解放涠洲。

喷发时

您将一腔熔岩

尽情宣泄

映红蓝天大海

沸腾万顷波涛

熄灭时

心泉流韵

您将一腔熔岩
静静凝固
凝固成年轻的
火山
美丽涠洲岛
您的美丽是
多彩的
丹屏滴水幽
滩分五彩秀
山似鳄鱼猛
村若石螺俏
浓妆淡抹总相宜
春夏秋冬俱妖娆
千百年来
因为您的美丽
引来明朝汤显祖
诗谣赞美
引来法国传教士
盛塘传教
也引来日寇
铁蹄践踏
经受七年痛苦煎熬
煎熬中您又将
胸中"熔岩"爆发
熔化了侵略者魔爪
迎来浴火重生的欢笑

啊！涠洲岛

您是神奇之岛

美丽之岛

英雄之岛

叫世界惊叹

让中国自豪

老　街

　　北海老街位于广西北海市珠海路,毗邻北海外沙岛,始建于1883年,长1.44公里,宽9米,沿街遍布英国、法国、德国领事馆旧址,德国森宝洋行旧址和天主教堂女修院旧址等许多中西合璧的骑楼式建筑,见证了北海曾经的繁华,被誉为鲜活的"近现代建筑年鉴"。街中凿有接龙桥双水井,为北海最老井之一。2009年10月,北海市旅委、北海旅游集团有限公司、北海老城文化旅游投资发展有限公司承办的首届北海老街文化艺术节,为百年老街注入了新的活力。

走进老街

我丈量老街的

悠久历史

走进老街

我阅读老街的

风雨沧桑

老街的悠久历史

写入接龙双井泉水

写入德国森宝洋行

写入沙脊街

齐白石住过的

宜仙楼上

老街的风雨沧桑
刻在爬满墙壁的
青苔之中
刻在路面磨光的
长街短巷
刻在百年老字号
褪色的匾额
刻在中西合璧的
骑楼式灰墙

不用说老街老了
只有老气横秋的
模样
沐浴改革开放的
春风
追赶复兴圆梦的
大潮
如今的老街
焕发出青春的
容光
君不见
水彩画、古船木
明清家具
依次在老街开展
中央美院、清华
美院

创作基地
扎堆在老街亮相
"百年老街
百名佳丽
百米 T 台"
创吉尼斯纪录
比基尼秀
网红的李阿姨
虾饼店
秀着时尚
满街飘香

老街是一条悠久
的历史长河
老街是一条绚丽
的文化长廊
老街是一 首
优美和谐的
交响乐
世世代代传唱
四海五洲名扬

红树林

　　北海金海湾红树林生态休闲度假旅游区，位于市区东南方约 15 公里处，与素有"天下第一滩"之称的北海银滩一脉相连。整个景区面积约 20 平方公里，由红树林观光带、金滩和主园区三部分构成。区内拥有一片 2000 多亩的海上"森林卫士"——红树林，百种鸟类、昆虫、贝类、鱼、虾、蟹等生物在此繁衍栖息，是我国罕见的海洋生物多样性保护区。在这里可欣赏群鹜飞天，蓝天碧海，红日白沙的诗意画卷，游人至此如入仙境。

上天不知何故

如此偏爱北海

不仅赐与银滩

更有红树林作伴

红树林是神奇的

神奇在生命的非凡

种子在母树上发芽

长成幼树

幼树自行脱落下坠

根植海滩

面对使植物

死亡的碱水

运用根叶将其滤去

潮涨而隐

潮退而现

生命节律

道法自然

选一个秋高气爽时节

到红树林作一回神仙

头顶蓝天白云

身随白鹭翩翩

看脚下栈道

在红色湿地中延伸

听游鱼低吟

百鸟鸣弹

行至水穷处

坐看云起时

饱览红色的海滩

与银色沙滩媲美

高歌一曲

落霞群骛同起飞

秋水一色共长天

冠头岭

　　北海冠头岭位于广西北海市西端，全长 3 公里，犹如一条青龙横卧海面，坡岭蜿蜒起伏，状如窠冠因而得名。登岭远望，朝观日出夕赏日落，听惊涛拍岸，看浪花堆雪，实是美不胜收。冠头岭雄峙北部湾畔，俯瞰古珠池，有"三廉海门"之称。冠头岭为海防要塞，它曾是历史上北部湾畔人民作为抵抗帝国主义侵略的天然屏障。明洪武八年，为防海寇袭扰，创设炮台于主峰之侧，遗迹尚存。位于冠头岭脚下的南万村至今已有 400 年历史，被称为北海第一村。现今冠头岭

已成为国家级森林公园。

只缘山形如冠

赢得"冠头岭"美名

绵延起伏六千米长

横卧海面状似青龙

海拔 120 米

对比高山峻岭

诚然微不足道

但屹立北海镇涛拒浪

您却威风凛凛

登临岭上 ——

我们放眼遥望

遥望明朝当年海防

古炮台遗迹今仍在

耳边犹闻炮声隆

我们放眼遥望

遥望 400 年前南万

北海第一村先民

在此起家业兴

登临岭上

我们择

海岩观涛

冠峰览胜

我们赏

旭日东升

斜阳西红

"目空千里浑如练"

凭虚一览满豪情

啊！冠头岭

您就是北海的龙头

带起珠城腾飞

加速复兴圆梦

（原载《华文月刊》）

万岁,祖国

乌黑发亮的钢轨

奔腾不息的江河

纵横交错的田埂

风驰电掣的列车

把九百六十万平方公里土地

划成四个巨大的"田"字格

我用

高耸入云的钻塔

巍峨屹立的五岳

雄伟壮观的长城

昼夜运行的日月

还有

边防哨上的枪刺红星

宇宙空间的卫星电波

在"田"字格中精心组合

组合成四个巨大的汉字

"祖国万岁,万岁祖国"

那"国"字中的一点

就是我

（写于 1989 年国庆节）

家乡
月
明

举头望明月

低头思故乡

——李　白

彭城，徐州的名片

——读出土陶刻"彭城"有感

题记： 2021 年，在徐州文庙街区地下城遗址考古时，从泥土瓦砾的大海里，考古人员从战国至西汉时期的地层里发现了带字的陶钵，上面刻着"彭城"二字。这为寻找古彭城邑遗址提供了重要线索。

携着两千年风雨

伴着两千年鼓声

拂去两千年泥土

揭开两千年陈封

你终于露出了真容

——陶刻"彭城"

两千年间

虽然您缺席了

项刘争霸

三国逐鹿

淮海决雄

然而从那劲健

的线条中

我们依然可以窥见

您骨子里的雄性

心泉流韵

如果说每一个城市

都有自己的名片

徐州的名片

便是古老的"彭城"

虽然你的质地

是朴实的陶土

珍贵厚重

却胜过黄金白银

镔铁青铜

注："彭"字始见于商代甲骨文及商代金文，"彭"的古字形左部像鼓，旁边的"彡"表示鼓声，本义即鼓声。

(《今日头条》选发)

我爱你，徐州

我爱你，徐州

爱你历史悠久

彭祖立国[1]

禹列九州[2]

始皇求鼎[3]

霸王封侯[4]

我爱你，徐州

爱你文化深厚

刘邦击筑唱大风[5]

苏轼挥毫写黄楼[6]

张陵创立天师道[7]

李蟠文魁耀星斗[8]

① 相传尧封彭祖于此，为大彭氏国。

② 据说夏禹治水，行之所至按土地肥瘦出产多寡作标志，分天下为九州，徐州名列其中，且位置偏前。

③ 传说大禹将天下分为九州，铸九鼎以代表九州，故言九鼎。历至公元前256年，秦昭王取九鼎，其一飞入泗水，其八入秦中。秦始皇平定天下后，驱使数千人没入泗水捞鼎，终不得。

④ 项羽灭秦后，东归建国，分封诸侯王，自立为楚霸王，都彭城。

⑤ 汉高帝十二年十月，刘邦平定黥布叛乱后凯旋途中在沛宫（今沛县东南）置酒，与家乡父老共同欢庆。酒半醉时，他击筑（状如瑟而有弦的乐器），高唱自己的诗作《大风歌》。

⑥ 苏轼在徐州期间，为了庆祝抗洪胜利，他在城墙上建了一座高楼，名曰"黄楼"。黄楼落成，苏轼高兴地写下《九日黄楼作》一诗以作纪念。

⑦ 张陵即张道陵，东汉沛国丰（今江苏丰县）人。创"天师道"，居于道教的创始地位，后人尊称其为"张道陵"。

⑧ 李蟠（1655—1728年），是徐州历史上唯一的状元，可谓徐州千古文魁。

马可音乐可染画①

艺术辉煌照千秋

我爱你,徐州

爱你山川锦绣

春来 —— 一色杏花三十里②

夏到 —— 万顷翠荷覆绿洲

秋临 —— 层林尽染千峰美

冬至 —— 雪落长河舞银绸

我爱你,徐州

爱你人物风流

项刘争楚汉

陶谦让徐州③

忠勇孙凤鸣④

文武郭影秋⑤

豪气贯长虹

英名青史留

啊!徐州,我爱你

家乡月明

———————

① 马可(1918—1976年),徐州籍著名作曲家,代表作品有歌剧《白毛女》《小二黑结婚》和歌曲《南泥湾》《咱们工人有力量》等。李可染(1907—1989年),徐州籍著名国画大师,代表作有《五牛图》《万山红遍》《杏花春雨江南》等,曾任中国画研究院院长、中国美术家协会副主席等职。

② 苏轼在《送蜀人张师厚赴殿试二首》诗中有"一色杏花三十里,新郎君去马如飞"的诗句。

③ 三国时期,徐州刺史陶谦为了抵御曹操,保全城中百姓,先后三次将徐州牌印让给刘备。刘备感其诚,终于领受做了徐州牧。

④ 孙凤鸣(1905—1935年),徐州市原铜山县黄集镇人,是有名的"刺汪"(刺杀汉奸汪精卫)英雄,牺牲时年仅30岁。

⑤ 郭影秋(1909—1985年),徐州市原铜山县棠张镇人,杰出的无产阶级革命家、教育家。在抗日战争期间,他指挥了数十次抗日战斗,为中国人民的解放事业立下累累战功。中华人民共和国成立后,历任云南省长、中国人民大学党委书记、副校长、北京市委书记等职。

淮海战役获新生
改革开放更风流
喜看今日之徐州
云龙山更青
云龙湖更秀
故黄河更美
小南湖更幽①
老城着新花
新城创新优②
中心商圈拔地起
特城大市舞龙头③
维维豆奶乐开怀
徐工机械誉全球④
百年老矿焕青春
棚户改造建新楼⑤
绕城高速通八方
观音机场连五洲⑥

心泉流韵

---

① 自2003年以来，徐州开始实施"显山露水"工程，拆除沿山违章建筑，保护山林资源，精心改造了云龙湖，打造了小南湖，整治了故黄河，使徐州的山水更加亮丽。

② 近年来，徐州市精心经营城市，一手抓老城区改造提升，使其旧貌换新颜，一手抓新城区建设全面提速推进，努力创新创优，新老城区相得益彰，今日徐州风采照人。

③ 目前，徐州市正在启动建设中心商圈"苏宁商务广场""中央国际商场""彭城北路步行街"等5大项目工程。项目建成后，徐州作为全省重点规划建设的四个特大城市之一，在淮海经济区必将龙头高昂，固牢中心城市地位。

④ "维维""徐工"皆为徐州大型骨干企业集团，其产品畅销国内外。

⑤ 2008年11月19日，省委省政府下发了《中共江苏省委、江苏省人民政府关于加快振兴徐州老工业基地的意见》，从此拉开了徐州加快振兴的大幕。同时徐州的百年矿业也迎来新的发展机遇，棚户区改造工程全面启动。

⑥ 近10年来，徐州市累计完成投资百亿元，先后建成5条计350多公里的高速公路，同时形成91.5公里的徐州绕城高速。工程建设总量和质量在全省乃至全国地级市中都处于领先地位。徐州观音机场目前是淮海经济区内规划最大、设施最先进的大型航空港，打开了徐州通向全国、走向世界的空中大门。

更有京沪高铁路①
追赶日月在前头
新型农村新风采
希望田野喜丰收②
政通人和民安乐
全面小康竞上游
啊！徐州
你是一首动听的歌
千遍万遍唱不够
你是一幅美丽的画
时刻挂在我心头

（写于 2011 年 12 月，原载《徐州日报》）

———————

① 2011年6月30日，京沪高铁正式开通，徐州从此步入高铁时代。

② 中华人民共和国成立以来，特别是改革开放以来，徐州农业发生了翻天覆地的变化。如今的徐州已从原先出名的"洪水走廊"变为国家的商品粮基地、全国十大农副产品出口基地。

戏马台放歌

这里有拔山举鼎的雄风

这里有秋风戏马的恢宏

这里有三户灭秦的勇气

这里有破釜沉舟的英明

这里有衣锦还乡的威风

这里有垓下受困的悲声

这里有乌骓马的

赤诚肝胆

这里有虞美人的

忠贞爱情

这里有楚河汉界一盘棋

这里有鸿门宴上酒一盅 ——

在这里可以感受金戈铁马的风雷激荡

在这里可以倾听兴衰存亡的历史回声

在这里，登上去

让人胸胆开张

在这里，走下来

依旧气贯长虹

在这里，可以领略

千古霸王的真正风采

在这里，能够见识

徐州人的大度包容

刘项一样亲

胜败皆英雄

这里就是中国徐州

户部山上的戏马台

威震四海，名扬天下

在世界当属第几

任由历史评定

（《今日头条》选发）

家乡月明

云龙山

题记：云龙山位于徐州市城南，又名石佛山。海拔142米，长达3公里。山分九节，蜿蜒起伏，状似神龙。山中常有云腾雾绕，以为祥瑞。山上兴化寺内有北魏大石佛，石佛为半身坐像。云龙山之所以出名，是它留下的名人游踪。宋代苏东坡任徐州太守时，曾多次携友游览云龙山，留下许多传世佳作名篇，其中《放鹤亭记》入编《古文观止》。1952年金秋时节，一代伟人毛泽东健步登上云龙山，并对徐州的建设和发展作出指示。从此，名山名城改天换地展新颜。

怀古亭

伟人指示号群贤

绿化荒山变富山

今看古来征战地

葱茏锦绣赛江南

注：1952年10月29日，毛泽东主席登上云龙山，与其随从在此亭合影留念，并作出"绿化荒山，变穷山为富山"的重要指示。从此，徐州人民掀起了植树造林，绿化家乡的热潮。2006年2月，徐州被建设部命名为"国家园林城市"。

北魏石佛

慈眉善眼岁千年

俯视苍生天地间

信女善男顶礼拜

心香一炷祈平安

放鹤亭

一亭明月一亭风

鹤去九天四望空

山人不问世俗事

只爱逍遥自在行

黄茅岗

闲来醉上黄茅岗

案牍劳形一扫光

太守远随风月去

石床犹记使君狂

（《今日头条》选发）

徐州像杭州了

同题诗歌应征

心泉流韵

徐州 —— 杭州
一对孪生姊妹

我在大运河北段
你在大运河南端
桨声里有你的灯影
波声中有我的清欢
你的身上流着我的血脉
我的身上流着你的情感
一条河如同一条纽带
风吹不断 雨剪不断
风雨同舟载着我们向前

西子湖是你的明珠
云龙湖是我的项链
你有雷峰西照断桥残雪
美如画
我有苏公塔影杏花春雨
赛江南
你有柳浪闻莺花港观鱼
好去处
我有桃霞烟柳寒波飞鸿
使人恋

你有曲院风荷三潭
映明月
我有荷风渔歌石瓮
依婵娟
你中有我　我中有你
分也难分　辨也难辨

江南忆 最忆是杭州
山寺月中寻桂子
郡亭枕上看潮头
何日更重游
江北忆　最忆是徐州
一城青山半城湖
北雄南秀好景观
何人不留连

我们前世有约
公元 1077 年
苏轼任徐州知州时曾言
若引上游丁塘湖水注之
则此湖俨若西湖
徐州 俨若杭州
我们今生有缘
公元 1994 年
云龙湖与西湖结为姊妹
从此徐州与杭州
紧密相联
手拉手向美丽进发
心连心留光彩人间

（原载《徐州日报》）

家乡月明

云龙公园

题记：徐州云龙公园位于市区王陵路南侧，东临云龙山，南靠苏堤路。云龙公园采用自然园林布局手法，有牡丹园、知春岛、荷花厅水榭、假山花廊、花圃、游乐区6个景区。其中最引人注目的是知春岛景区，景区内主要建筑燕子楼，为古代徐州五大名楼之一。白居易有"满窗明月满帘霜，被冷灯残拂卧床。燕子楼中霜月夜，秋来只为一人长"等诗句。

春回燕子楼

冬去春回燕子楼

云湖无语柳轻柔

空楼依旧花蝶瘦

不见佳人思不休

关盼盼

自将心锁守空楼

燕去燕来几春秋

洁玉自洁天地鉴

忠贞不二美名留

注：徐州燕子楼坐落在云龙公园的知春岛上。燕子楼始建于唐代，千余年间，历代毁损历朝复建。现在的燕子楼是二十世纪八十年代复建的，两层小楼，三面临水，粉墙黛瓦，飞檐凌空，楼下

有曲廊,廊墙上嵌有石刻画,内容就是凄婉的爱情传说。

  燕子楼的主人叫关盼盼,是中国历史上最有名的歌伎之一。她是唐王朝驻徐州节度使张愔的宠妾。张愔征伐在外,关盼盼待在燕子楼上苦等十年,等到的却是张愔战死的消息,后绝食而死。

(《今日头条》选发)

家乡月明

月光下的云龙公园

月光下的云龙公园
是神奇的
在这里我们可以听到
关盼盼与嫦娥的对话
诉说着天上人间的
悲欢离合

月光下的云龙公园
是美丽的
在这里我们可以看到
湖的绿波
树的婆娑
还有那恋人的亲密组合

月光下的云龙公园
是深邃的
在这里我们可以感到
昨天的厚重
今天的充实
明天的美好
一任思想的翅膀
尽情地飞越

（写于 2011 年夏）

故黄河放歌

我们把"故"字去掉
你就是"黄河"
作为黄河
你对徐州
有"功"也有"过"

论功劳
你是徐州人民的"母亲河"
你从巴颜喀拉山启程
穿越青藏高原
穿越黄土高坡
汇集千溪百川
形成波澜壮阔
日夜奔腾不息
流出美丽景色
九曲回环旋转
奔向大海汇合
对于徐州,你情有独钟
流连缠绕,放歌扬波
从此,黄河乳汁哺育徐淮大地
苏醒了春的播种
催熟了秋的收获

论罪过

你是徐州人民的"灾害河"

"黄患"一度成为你的代名词

你如一条巨大的水袋悬在百姓头顶

疯狂肆虐,恣意撒泼

最恨汛期暴怒

上游堤岸残破,下游河道淤塞

冲垮房屋毁田地

人或为鱼鳖。

然而面对疯狂的黄河

徐州人民从未退缩

"抗洪"是永恒的主题

"胜利"是激昂的凯歌

"镇水铁牛"为此作证

黄楼赋诗点赞颂歌

我们把"故"字添上

你就是"故黄河"

如今的故黄河哟

敛起恣意肆虐

收束狂暴野泼

一河温柔清澈

四时碧波欢歌

你如同少女裙带

装点彭城更好看

你如同绿色彩线

串起珍珠一颗颗

看吧!如今的故黄河上下

一座座金桥飞彩虹

一行行杨柳拂清波

一排排楼房高大上

一条条道路宽又阔

一片片农田铺锦绣

一家家工厂红火火

一处处公园醉芳草

一簇簇鲜花迷蜂蝶

一只只鹅鸭戏碧水

一群群游人赛新歌

更有那

渔舟张网追美梦

钓叟垂竿钓日月

黄楼新赋"开发"诗

铁牛翻唱"治水"歌

故黄河啊幸福河

故黄河啊美丽河

啊！徐州的故黄河

去掉"故"字，作为"黄河"

我们郑重地将您放进历史博物馆

千秋功罪任人评说

加上"故"字，作为"故黄河"

我们珍爱地将您放在心窝

让心灵的清泉与您的清流密切融合

源源不断奔向未来，永不干涸

（原载《徐州日报》）

霸王山古唐槐

您从大唐走来
经历了唐王朝兴衰

　抚摸您的枝叶

我们依稀看见

玄武门之变血雨腥风

抚摸您的骨干

我们依稀看见

贞观之治盛世精彩

每逢秋风萧瑟

我们依稀听见

您在谴责唐玄宗的荒淫

每逢寒风怒号

我们依稀听见

您在诉说安史之乱的悲哀

您从大唐走来

走过宋

走过元

走过明清

阅尽春夏秋冬

看惯桑田沧海

您从大唐走来

走过一千四百载

走进新中国崭新天地

走进改革开放崭新时代

春风化雨

滋润您古老的树干

生发新枝绿叶

老当益壮

激励您古老的生命

焕发年轻豪迈

喜看今日之唐槐

九万里雷霆轰不倒

八千里风暴吹不歪

您用顽强的生命

揭示一个真理

只要将根深扎大地

生命就能长青不衰

家乡月明

美在金龙湖

题记： 金龙湖是位于江苏省徐州经济开发区核心商务区行政办公楼南侧的人工湖，湖面面积380余亩，景观面积28万平方米。分春夏秋冬四景区，十二景园、一岛一堤、三广场，沿环湖大道形成3.7公里的滨湖生态景观带。2013年11月，金龙湖水利风景区被水利部评为第13批国家级水利风景区。金龙湖景区最美跑步线路，荣获江苏省"2019最美跑道"，并以绝对优势获得"网络人气奖"。

金龙湖的美

美在水碧林丰

三百八十亩的湖面

鸟瞰如一方碧绿的宝石

平视如一方碧绿的明镜

微风吹动时

又如一方碧绿的绸缎

绿得诱人

绿得爱恋

红枫雪松罗汉松

女贞枇杷广玉兰

锦绣杜娟南天竹

垂丝海棠叶石楠

桂花樱花金钟花

木槿枫杨落羽杉

……

百余种植物

科学分布
异彩纷呈
生机盎然

金龙湖的美
美在鸟语花香
春夏之交
万物灵动
鸟的精灵
尽情撒欢
群群苍鹭
掠飞水面
只只喜鹊
蜜语林间
如果你是幸运的
还会看到远方来客
金色的黄昏也会有
落霞与群鹜齐飞
天鹅与银鸥作伴
金龙湖的花
多姿多彩
争奇斗艳
春来了
樱花烂漫
夏来了
紫薇招展
秋来了
金菊傲霜

冬来了
红梅斗寒
一年四季开不断
芬芳迷漫水云间

金龙湖的美
美在灯光灿烂
橘黄色的小灯
围绕广场一周
伴着轻盈舞步
忽闪忽现
粉红色的灯光
打在巨型莲花之上
远远望去
一片红艳
辉煌的哥特式城堡
最为绚丽
亭台楼榭
五彩缤纷
交相辉映
犹如童话一般
漂亮的彩虹桥
最为抢眼
七种颜色交织成
美丽的弧线
空中一半
水中一半
构成完美椭圆

吸引了天上的
牛郎织女
思量到此相会
浪漫牵手人间
夜幕下的金龙湖
说是天堂
却有人间烟火
说是人间
拥有天堂美艳

金龙湖的美
美在和谐自然
春园夏园
秋园冬园
十二景区
与四时对应
一堤一岛
三大广场
环湖大道
呈人造景观
山间竹林
桥上彩虹
空中云梯
上下错落有致
湖中水碧
湖畔林丰
湖滨楼美
内外有序井然

休闲时光

漫步其间

尽情地呼吸

享受空气的新鲜

累了乏了

来个时空转换

想娱乐

面前有影视城

爱学习

身后有图书馆

天与地和谐

山与水和谐

人与湖和谐

金龙湖就是一幅

和谐的画卷

（《今日头条》选发）

品读淮海战役烈士纪念塔

不要说远去了

刀光剑影

不要说远去了

金戈铁马

每当我走近

淮海战役

烈士纪念塔

眼前犹见战火纷飞

耳畔犹闻炮轰雷炸

淮海战役

一部辉煌的英雄史诗

淮海战役

一个以少胜多的战争神话

用六十万兵力

拼八十万强敌

鏖战五十二天

歼敌五十五万

名扬中外

威震天下

是何方神圣

创造了如此战绩

以少胜多

到底靠的什么

带着这个问题

心泉流韵

我去品读淮塔
我去品读
毛泽东从西柏坡
发给前线的
一封封电文
我去品读
粟裕向中央军委提出的
关于进行淮海战役的建议
我去品读
那十位英雄用身体
筑成的特别桥梁
我去品读
那五百万民工
冒死支援前线的
日夜进发
……

读着读着
我读出了
一个明确的答案
淮海战役的胜利
是因为拥有
伟人的英明决策
将帅的雄才大略
勇士的浴血奋战
人民的踊跃参加
人民江山人民保
得人心者得天下

注：淮海战役烈士塔，位于徐州市凤凰山东麓。淮海战役是解放战争时期中国人民解放军中原野战军、中国人民解放军华东野战军在以徐州为中心，东起海州（连云港），西至商丘，北起临城（今枣庄市薛城），南达淮河的广大地区，对国民党军队进行的战略性进攻战役。此次战役历时66天，歼灭和争取敌人55万，从根本上动摇了国民党政府的统治，成为决定中国命运的大决战。1959年，为纪念淮海战役的伟大胜利，弘扬老一辈革命家的丰功伟绩和英雄们的革命精神，国务院决定在徐州凤凰山兴建淮海战役烈士陵园。淮海烈士纪念塔塔高38.15米，面东朝阳，巍然屹立。塔身正面镌刻毛泽东主席亲笔题写的"淮海战役烈士纪念塔"九个鎏金大字。塔南、西、北设146米长廊，廊画上刻有淮海战役中牺牲的31006名烈士名单。先后被国务院、中宣部等部门批准或命名为全国重点烈士纪念建筑物保护单位、全国爱国主义教育基地、全国首批爱国主义教育示范基地、全国中小学爱国主义教育基地、全国红色旅游经典景区、国家国防教育示范基地、国家AAAA级旅游景区等荣誉称号。

（《今日头条》选发）

这就是可爱的徐州

掬一捧泉水
便可见刘邦马蹄
捡一块岩石
便可见项羽剑锋
每一座山头
都有楚汉硝烟烽火
每一条巷道
都有抗日功勋殊荣
亮开嗓子
大风起兮云飞扬
张开喉咙
开怀一饮尽千钟
这就是可爱的徐州
一座中国英雄城。

喝一碗饣它汤
便可与彭祖对话
睡一下石床
便可与苏轼留影
每一片田野
都能长出诗词歌赋
每一条河流
都能奏响胡琴古筝
天地可书
伯英书出伯英体
山河可染
可染染出万山红
这就是可爱的徐州

一座中国文化城

访一次解忧
便懂得何为大爱，
拜一回季子
便懂得何为信诚
每一位好人
都有一串感人故事
每一名健儿
都有一腔热血豪情
春来这里
和风吹开百花艳
冬来这里
温情感化冰雪融
这就是可爱的徐州
一座中国情义城

拍一片湖水
便可同天池媲美
照一座青山
便可同仙峰争荣
每一片树林
都是那样繁茂葱郁
每一处公园
都是那样怡人幽静
吸一口空气
空气饱含负离子
望一眼蓝天
蓝天如洗一样明
这就是可爱的徐州
一座中国美丽城

（写于 2015 年 7 月，原载《徐州日报》）

家乡月明

徐州亿吨大港

题记： 徐州交控港务有限公司坐落于京杭运河徐州蔺家坝船闸上游4公里处顺堤河西岸，是徐州港的核心港区，也是徐州市打造"亿吨大港"的重要组成部分，2019年被确定为淮海国际陆港铁水联运中心；2020年荣获省级示范物流园区，被省交通厅、省发改委、省工信厅联合确认为省级多式联运示范项目。金秋时节，余身临港区采风，但见车来船往，一片繁忙，大港雄姿，崛起淮海，犹如大鹏展翅，鹏程万里。

心
泉
流
韵

吞进春夏
吐出秋冬
一吞一吐
壮大一个
富强的彭城

吞进朝霞
吐出繁星
一吞一吐
壮大一个
美丽的彭城

吞进滔滔运河
吐出中欧班列
一吞一吐
壮大一个

包容的彭城

吞进高祖雄风
吐出霸王豪情
一吞一吐
壮大一个
崛起的彭城

啊,徐州港
你如一个
巨大的感叹号
矗立在淮海中心
让徐州自豪
让中国感动
让世界震惊

（写于 2022 年 9 月 15 日）

家乡月明

87

咱们徐州人

（歌词）

唱着千古大风歌
喝着千年一碗汤
吃着烙馍卷馓子
听着迷人拉魂腔
咱们徐州人哟
就是这个样

大写汉字谱辉煌
高祖就是咱老乡
惯看霸王乌骓马
酣睡东坡石头床
咱们徐州人哟
就是这个样

爱就爱个掏心窝
恨就恨个牙痒痒
开怀一饮尽千钟
醉倒也是武二郎
咱们徐州人哟
就是这个样

创业就创大事业

心泉流韵

圆梦就圆大梦想

头顶徐州走天下

天下徐州美名扬

咱们徐州人哟

就是这个样

就是这个样

（写于 2019 年 12 月 7 日，原载《徐州日报》）

家乡月明

木兰花慢·彭城抒怀

——步元代萨都剌木兰花慢·彭城怀古原韵，反其意而写之，重在写出新时代新徐州、新风貌新精神也。

古徐州形胜，激扬起，众英雄。想楚汉争锋，三国逐鹿，淮海决雄。凯歌一曲云散，料梦魂，依旧贯豪情。喜有黄河如带，群山回合云龙。

彭城儿女唱大风，禾黍满田中。更戏马台巍，燕子楼秀，拔剑泉清。人生百年苦短，且拼搏，一举建勋功。回首新城旭日，蓬勃气势如虹。

（2013年写于徐州，原载《彭城周末》）

附：元代萨都剌

木兰花慢·彭城怀古

古徐州形胜，消磨尽，几英雄。想铁甲重瞳，乌骓汗血，玉帐连空。楚歌八千兵散，料梦魂，应不到江东。空有黄河如带，乱山回合云龙。

汉家陵阙起秋风，禾黍满关中。更戏马台荒，画眉人远，燕子楼空。人生百年如寄，且开怀，一饮尽千钟。回首荒城斜日，倚栏目送飞鸿。

心泉流韵

眼界高时无物碍
心源开处有波清
——古人联语

清明思念

——谨以此诗悼念病逝的母亲

又是一年清明节

又是一阵雨纷纷

又是一壶杏花酒

又是一次欲断魂

娘啊，娘！我可怜的亲娘

您可感到春风暖

梁上燕子去又回

河边杨树披新绿

空中柳絮绕屋飞

又是一年清明节

又是一阵雨纷纷

又是一壶杏花酒

又是一次欲断魂

娘啊，娘！我可爱的亲娘

儿为您换下冬天衣

儿为您揉揉伤痛背

扶您重上人生路

再向世间走一回

心泉流韵

又是一年清明节

又是一阵雨纷纷

又是一壶杏花酒

又是一次欲断魂

娘啊,娘! 我永远的亲娘

千金难买死回生

寸草难报三春晖

莫道儿不在身边

魂牵梦绕永相随

（写于 2010 年春,原载《中华风》）

寄给天堂的母亲

春来了

艳阳高照

鲜花盛开

我用春风作剪刀

剪一片美丽的云彩

做成美丽的信笺

风儿作笔

星儿作字

写上真诚的祝福

让青鸟

传给天堂的母亲

母亲回音

化作滴滴春雨

流在我的脸上

那是思念的泪

慈母的体温尚存

醒来

原是一梦

不觉泪湿枕巾

注：青鸟是一种常见的小型鸟类，类似麻雀大小的青蓝色小鸟。神话传说中为西王母取食传信的神鸟。唐·李商隐《无题》："蓬山此去无多路，青鸟殷勤为探看。"

天下母亲最伟大

——母亲节感赋

为了生育子女
您再大的风险都不怕
为了养育子女
您再大的困难都不怕
为了保护子女
您敢上刀山下火海
枪林弹雨都不怕
儿女是母亲心头肉
含在嘴里都怕化

面对小家时
您是小家
吃苦耐劳
勤俭持家
面对大家时
您是大家
无私奉献
保国卫家
君不见古代的
佘老太君
佘赛花
百岁高龄

亲自挂帅
带领十二寡妇
奋勇征讨西夏
君不见当代的
佘老太君
邓玉芬
国难当头
舍家保国
力送亲人上亲线
甘洒热血把敌杀
一门忠烈六勇士
英雄母亲传佳话

母亲节里话母亲
千言万语
汇成一句话
天下儿女爱母亲
伟大母亲爱天下

注：2014 年 7 月 7 日，习近平总书记在纪念全民族抗战爆发七十七周年仪式上，讲述了英雄母亲邓玉芬的故事。邓玉芬，1891 年出生于北京市密云县水泉峪村，后嫁到密云县张家坟村，一生务农。抗日战争和解放战争中，她舍家保国，被当地人民誉为"当代的佘太君"。1970 年 2 月 5 日病逝，享年 79 岁。邓玉芬老人是一位广为传颂的"英雄母亲"，为了革命事业，邓妈妈先后有 6 位亲人壮烈牺牲。

（《今日头条》选发）

心泉流韵

父 亲

父亲是严厉的
那是对我的缺点
如今还记得第一次挨打
因为我踩了邻家的菜园

父亲是温情的
那是对儿女的一贯
冷时加衣，饿时添饭
还有夏天的一把蒲扇

父亲是坚实的
那是儿女成长的靠山
跌倒了，将我们扶起
成功了，给我们笑脸

父亲是节俭的
节俭得有些寒酸
一件衬衣补了又补
肥了改瘦，长了改短
最后还要留作纪念

如今啊，父亲如同老家那棵古槐
风雨沧桑铸成年轮百环
干瘪的嘴唇张开已很困难
可是对儿女的呼唤依然不断

（写于 2010 年父亲节）

手捧着父亲骨灰盒

手捧着父亲骨灰盒

慈爱的余温依然

温暖着我的心窝

悲伤的泪水千滴万颗

滴滴心碎

颗颗流血

手捧着父亲的骨灰盒

才真正感知

什么叫肝肠碎断

什么叫生死离别

从此后阴阳两隔

再也看不到您的容颜

再也听不到声声唤我

手捧着父亲的骨灰盒

遥想着九界天国

儿子现在能做的

唯有祝愿

祝愿您一路走好

但愿通向天堂的途中

再也不要像人间

这般坎坷

注：老父于 2016 年 11 月 16 日因病医治无效去世，享年 84 岁。此诗写于 17 日下午手捧骨灰泣不成声，返回老家途中，笔书于子夜。

父亲的欢乐

——写在父亲节

父亲的欢乐

是饭前那碗粥

由儿女盛好捧到面前

父亲的欢乐

是饭中那杯酒

由儿女倒好端到面前

父亲的欢乐

是饭后那支烟

由儿女点好递到面前

如今啊

那碗那酒那烟

依然存在

只是父亲一去天国

永不回还

"子欲养而亲不待"

过去只是挂在嘴上

如今竟然成为真言

（写于 2018 年 6 月 17 日）

今天，我欲哭无泪

——全国哀悼日有感

为表达全国各族人民对四川汶川大地震遇难同胞的深切哀悼，国务院决定，2008年5月19日至21日为全国哀悼日。5月19月14时28分起，全国人民默哀3分钟。

今天，我欲哭无泪
因为昨天流得太多
今天，我欲哭无泪
因为明天还要生活
今天，我欲哭无泪
因为悲痛已化为力量
今天，我欲哭无泪
因为全体同胞唱响了团结之歌

地震无情人有情
有情，就要关爱、奉献
有情，就要互助、团结
有情，就要坚持、坚持、再坚持
有情，就要拼搏、拼搏、再拼搏
让我们昂起悲哀的头
擦干伤心的泪
手挽手气壮山河地前行
奋力唱响生命的新歌

桥

——唱给一位老教师

有人把您比作红烛

燃尽了自己

将别人前进的道路照耀

有人把您比作园丁

倾注一生心血

培育花朵树苗

我说,您如弓的脊背

实在像中国的石拱桥

为无知的此岸和有知的彼岸

铺设了一条坚实的跑道

比起雄伟的长江大桥

您是这样矮,这样小

可是,我们却为您感到自豪

那宏伟建筑的设计者

原是您放飞的一只小鸟

（原载《徐州日报》）

唱给母校

——为庆祝中国矿业大学建校100周年而作

风,在这里吹过
雨,在这里落过
春风春雨在这里
温暖过你
滋润过我
温暖的,是老师那颗火热的心
滋润的,是老师那双智慧的眼
温暖的,是老师那双爱抚的手
滋润的,是老师那支勤奋的笔
在这里
我们明白了什么叫真善美
我们知道了什么是假丑恶
我们懂得了为什么把老师比作园丁
我们理解了什么叫做呕心沥血

风,在这里吹过
雨,在这里落过
春风春雨在这里
温暖过你
滋润过我

温暖的,是同学的爱

滋润的,是同学的情
温暖的,是夜里的梦
滋润的,是白天的歌
在这里
我们懂得了为什么一辈同学三辈亲
我们理解了为什么同窗好友情难舍

风,还在这里吹
雨,还在这里落
春风春雨依然在
温暖着你
滋润着我
温暖如红日
滋润像明月
星移斗转沧桑变
心中日月永不落
要问这里是哪里
我们亲爱的母校
中国矿业大学

心泉流韵

心灵独白

——建筑工人的心里话

我是一粒沙

体积小，容量大

团结你，团结我，团结他

凝聚成坚固

凝聚成永恒

凝聚成精华

我是一根钢筋

压不弯，挤不垮

立志向上为大家

支撑起一个个宏伟蓝图

创造出一个个美丽神话

我是一缕风

慕高远，无牵挂

一生潇洒走天下

春到江南

夏到塞北

秋到海角

冬到天涯

神州处处好风景

千山万水一幅画

看！万丈高楼平地起

我的骄傲和自豪

瞧！天下寒士聚欢颜

我的心里乐开花

（写于 2007 年冬）

心泉流韵

醉东坡

（散文诗）

东坡若酒醉人。人生风雨知多少，童男少女白头老。岁月无痕，回首自问：我们留下了什么？多数的是遗憾。而苏公不然。他才华横溢，高情远韵，再加上平生一蓑烟雨的酝酿，而后他蒸腾了，升华了，最终化作一块崇高的精神丰碑，永恒地矗立于天地之间，赢得世人景仰。

酒醉东坡出神。在杭州，他与朋友酒宴西湖，冒雨赏荷，随口一吟，便吟出了"若把西湖比西子，浓妆淡抹总相宜"的佳句，西湖从此有了一个更美的名字—西子湖。在徐州，他乘醉爬山，见一块巨石，倒头便睡，无意中"睡出"一首好诗："醉中走上黄茅岗，满岗乱石如群羊。岗头醉倒石作床，仰看白云天茫茫。歌声落谷秋风长，路人举首东南望，拍手大笑使君狂。"至今云龙山上还保留着苏公当年醉卧的石床。

古今中外，得酒之真味者，苏东坡也！

中外古今，解苏东坡之真味者，几人也？

（写于 2012 年夏，入编《爱上徐州》）

江城子·悼念袁隆平

春来秋去四时忙
冒风雨
顶骄阳
谋稻杂交
只为百姓粮
纵有千难和万险
心不变
志如钢

惊闻院士去天堂
大地悲
草木伤
再庆丰收
唯有五谷香
料得全球温饱日
禾之下
梦乘凉

注: 2021 年 5 月 22 日，中国工程院院士、"世界杂交水稻之父"袁隆平因病在湖南长沙逝世，享年 91 岁。袁隆平一生为粮食事业奋斗。他在公开场合多次畅谈自己的两个梦想：一个是"禾下乘凉梦"，就是追求超级稻高产；另一个是"覆盖全球梦"，让超级稻走出国门，造福世界。

黄山挑夫

一步一个脚印
一步一个梦想
一步一个高度
一步一个希望
坚实的人生
全凭双脚
写在黄山崎岖的路上

一根扁担
两个肩膀
还有那扁担两头不等的重量
构成一个失衡的天平
在黄山的云海中摇荡

早晨挑出旭日
黄昏挑落夕阳
渴了喝口泉水
饿了吃口干粮
你丈量黄山
丈量黄山的高度
黄山也丈量你
丈量你的坚强
有人问你"苦吗？"

你说"苦"
有人问你"累吗?"
你说"累"
"那你为啥还干这一行?"
"挑来的钱用得踏实
吃得甜,睡得香!"
你的回答如此响亮

啊! 黄山挑夫
如此壮美
如此坚强
如此高尚

（写于 2011 年 10 月中旬）

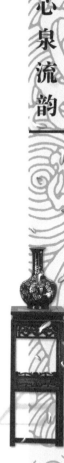

卜算子·咏梅

韶苑百花繁

春到竞争艳

几见悬崖百丈冰

怒放英姿展

月移清影近

风送寒香远

若问人间春信息

先把梅花看

（《今日头条》选发）

江城子·咏梅

寒冬腊月谁芬芳

翠竹黄

玉鸾①降

无语千山

飞鸟把身藏

踏遍园林花不见

云寂寥

水苍茫

悬崖忽见披红装

骨如冰

志如钢

抖擞精神

春报沐朝阳

赢得古今卜算子②

香溢远

美名扬

（《今日头条》选发）

---

① 玉鸾，雪之别名。
② 古今卜算子：古有陆游《卜算子·咏梅》，今有伟人毛泽东《卜算子·咏梅》。

我爱您，雪中红梅

我爱您

雪中红梅

爱您红得热烈

香得清纯

春来

我嫌春太艳

夏来

我嫌夏沉闷

秋来

我嫌秋空旷

只有冬来天飞雪

我与您一样显精神

您喜银装

我爱素裹

您有铁骨

我有钢筋

纵使您

零落成泥魂归去

我也是

志同道合护花人

（写于 2017 年大雪时节）

木棉花礼赞

（散文诗）

　　花之中，以"英雄"冠名者，唯木棉也。花有"魂"，"魂"有别。迎雪吐艳，凌寒飘香，坚韧不拔，不屈不挠，独天下而春，此为梅花之魂；以洁为本，坚守初心，"宁可枝头抱香死，何曾吹落北风中"，此为菊花之魂；淡泊典雅，宁静孤傲，"幽兰在空谷，馥馥吐奇芳"，此为兰花之魂；于四季轮回中沉潜蓄势，于轰轰烈烈中绽放风华，雍容华贵，国色天香，此为牡丹之魂⋯⋯

　　而木棉花之魂则是"英雄本色"。民间传说，从前五指山有位黎族老英雄名曰"吉贝"，常常带领人民打败异族侵犯。一次因为叛徒告密，老英雄被捕，敌人将其绑在木棉树上，严刑拷打，老英雄威武不屈，最后惨遭杀害。后来老英雄化作一株株木棉树，巍然挺拔，屹立南国。所以木棉树又名"吉贝"，以纪念这位民族英雄。最早称木棉为英雄者是清人陈恭尹。他在《木棉花歌》中形容木棉花"浓须大面好英雄，壮气高冠何落落"。自此之后人们就称木棉花树为英雄树，木棉花也成了英雄花。

　　树曰英雄，名符其实。木棉树身高大而挺拔，树干多刺而尖利，树枝轮生伸向天空，像似宣告主权不容侵犯！花曰"英雄"，气薄云天。木棉花开之时无叶衬托；繁花盛开，如火如霞。每一个花瓣犹如壮士风骨，每一抹色彩，如同英雄血染。诗曰：

木棉花开别样春

正气浩然满乾坤

漫天红霞千万朵

朵朵都是英雄魂

（写于 2022 年 3 月 14 日北海，《今日头条》选发）

心泉流韵

木棉花颂

（歌　词）

是什么染红南天彩霞
是什么装点春光如画
是什么散发迷人魅力
是什么让人歌她唱她
啊！那是高大的
木棉树
那是火红的
木棉花

是什么浑身钢筋铁骨
是什么誓死卫国保家
是什么精神照耀千古
是什么美名誉满天下
啊！那是勇敢的
木棉树
那是英雄的
木棉花

迎着春天的风
披着多彩的霞

摘一朵红花头上戴

我把英雄带回家

我把英雄带回家

注：木棉花也被称为英雄花。其树高大而挺拔，树干多刺而尖利，树枝轮生伸向天空，像似宣告主权不容侵犯；其花初开无叶衬托，盛开如火如霞。每一个花瓣犹如壮士风骨，每一抹色彩，如同英雄血染。

（2022 年 4 月 8 日写于北海，《今日头条》选发）

江城子·北海游

喜游北海乐无涯

弄银沙

洗浮华

呼友邀朋

结伴戏鱼虾

白鹭一群天际去

云散影

水着花

涠洲岛秀自清嘉

火山发

赤如霞

珠池悬宝

夜夜放光华

虎贝鲜香唐冠美

明月醉

不思家

（写于 2018 年春）

北方与南方

君在北方
我在南方
北有雪的世界
南有花的海洋
围炉温酒
踏雪寻梅
是您愉快的享受
坐拥大海
赏花观浪
是我美好的时光
北方待久了
看惯了冰雪
就向往南方海洋
南方待久了
看惯了海洋
就向往北国风光
其实啊
不论是身在北方
还是南方
心中一样既有冰雪
也有海洋
只须换个视觉看世界
你就会发现
远近高低各不同
春夏秋冬别有样
（写于2022年春，《今日头条》选发）

心泉流韵

春天畅想曲

经历了夏的煎熬

秋的等待

冬的期盼

我们又盼来了

贺知章手中那把"剪刀"

裁剪出柳绿桃红的春天

春天是属于诗人的

毛泽东率先报春

"待到山花烂漫时

她在丛中笑"

王安石开门迎春

"千门万户曈曈日

总把新桃换旧符"

孟浩然

"春眠不觉晓

处处闻啼鸟"

杜少陵

"晓看红湿处

花重锦官城"

李太白

"寒雪梅中尽
春风柳上归"
谢灵运
"池塘生春草
园柳变鸣禽"
苏东坡
"竹外桃花三两枝
春江水暖鸭先知"
韩昌黎
"天街小雨润如酥
草色遥看近却无"
白居易
"最爱东湖行不足
绿杨荫里白沙堤"
陆放翁
"山重水复疑无路
柳暗花明又一村"
元好问
"爱惜芳心莫轻吐
且教桃李闹春风"
叶绍翁
"满园春色关不住
一枝红杏出墙来"

春天是属于人民的

一花独放不是春

万紫千红春满园

春天是与时俱进的

年年春春花相似

春春年年人不同

今天我们

用一条条微信

穿起一缕缕春光

编织成一个

五彩缤纷的春天

放飞世界

光彩人间

（《今日头条》选发）

诗说夏天

"僧舍清凉竹树新
初经一雨洗诸尘
微风忽起吹莲叶
青玉盆中泻水银"
在施肩吾的笔下
夏天是清凉的

"清风无力屠得热
落日着翅飞上山
人固已惧江海竭
天岂不惜河汉干"
在王令的笔下
夏天是酷热的

"荷叶罗裙一色裁
芙蓉向脸两边开
乱入池中看不见
闻歌始觉有人来"
在王昌龄的笔下
夏天是美丽的

"四月清和雨乍晴
南山当户转分明
更无柳絮因风起
惟有葵花向日倾"
在司马光的笔下

夏天是明媚的

"梅子留酸软齿牙
芭蕉分绿与窗纱
日长睡起无情思
闲看儿童捉柳花"
在杨万里的笔下
夏天是悠闲的

"黄梅时节家家雨
青草池塘处处蛙
有约不来过夜半
闲敲棋子落灯花"
在赵师秀的笔下
夏天是孤寂的

"绿遍山原白满川
子规声里雨如烟
乡村四月闲人少
才了蚕桑又插田"
在翁卷的笔下
夏天是忙碌的

一千个诗人的笔下
便有一千个夏天
只缘心境不同
自然千变万化

　　注：翁卷，字续古，一字灵舒，乐清（今属浙江）人，南宋诗人，生卒年不详。工诗，为"永嘉四灵"之一。生平未仕。以诗游士大夫间。有《四岩集》《苇碧轩集》。代表作《乡村四月》被选入人教版小学语文课本。

（《今日头条》选发）

煮一壶秋色

煮一壶秋色
品天高云淡
鸿飞雁翔
煮一壶秋色
品湖清水净
暮霭斜阳
煮一壶秋色
品小桥流水人家
煮一壶秋色
品林泉云影月光
煮一壶秋色
品橙黄桔绿高粱红
煮一壶秋色
品蝉鸣蛙声稻花香
煮一壶秋色
品李太白
独坐敬亭山
煮一壶秋色
品苏东坡
醉卧石头床
煮一壶秋色
品李清照
帘卷西风
绿肥红瘦
煮一壶秋色

心泉流韵

品刘禹锡
诗追鹤飞
排云而上
煮一壶秋色
品孟浩然
炎炎暑退茅斋静
阶下丛莎有露光
煮一壶秋色
品王昌龄
金井梧桐秋叶黄
珠帘不卷夜来霜
煮一壶秋色
品杜牧
停车坐爱枫林晚
煮一壶秋色
品陶公
采菊东篱逸兴扬

煮一壶秋色
让我们尽情享受
秋之美景
煮一壶秋色
让我们登高望远
胸胆开张
充盈生命底气
笑迎冰封雪扬

（《今日头条》选发）

冬之歌

冬天是一首

寒酷的歌
"北风卷地白草折
胡天八月即飞雪
瀚海阑干百丈冰
狐裘不暖锦衾薄"
"野云万里无城郭
雨雪纷纷连大漠"
"千山鸟飞尽
万径人踪灭"

冬天是一首
温情的歌
"寒夜客来茶当酒
竹炉汤沸火初红
寻常一样窗前月
才有梅花便不同"
"绿蚁新醅酒
红泥小火炉
晚来天欲雪
能饮一杯无"

冬天是一首
壮丽的歌
"北国风光
千里冰封
万里雪飘

望长城内外
惟余莽莽
大河上下
顿失滔滔
山舞银蛇
原驰蜡象
欲与天公试比高
须晴日
看红装素裹
分外妖娆"

冬天是一首
英雄的歌
"墙角数枝梅
凌寒独自开"
"大雪压青松
青松挺且直"
更有那
千磨万击还坚劲
的玉竹
"雪压枝头低
虽低不着泥
一朝红日出
依旧与天齐"

冬之歌是一首
雄浑的交响曲
除旧布新
继往开来
气势恢宏
高亢激越

（《今日头条》选发）

回家过年

你伴着白云起飞

他乘着高铁狂欢

你驾着轿车奔驰

他背着行囊向前

今天的神州大地

繁响着同一个声音

回家过年

回家过年

回家过年

只为那一盘脆响的鞭炮

回家过年

只为那一副鲜红的春联

回家过年

只为那一顿充满温情的

团圆饭

回家过年

只为儿女的欢乐

父母的笑颜

回家过年

让四季飘泊的心船

暂停温暖的港湾

回家过年

让人间的亲情友情

来一次丰盛的聚餐

回家过年

且将打拼的风风雨雨

化作开怀畅饮的美酒

喝他个飞雪迎春到

瑞雪兆丰年

（写于 2020 年 1 月 21 日,《今日头条》选发）

诗说年味

年年春节年年过

过了今年盼明年

年味是什么

什么味是年

少年时的记忆

过年 ——

最欢乐的

是清晨那一盘盘

燃放的鞭炮

最养眼的

是门上那一副副

鲜红的春联

最享受的

是父母精心准备的

除夕团圆饭

最惊喜的

是爷爷奶奶放在

枕下的压岁钱

打麦场上

龙腾狮舞秧歌旱船

心泉流韵

心
泉
流
韵

村头路边

扑克象棋说地谈天

大年初一

拜年的人流

成为最美的

一道风景

新年好

新年好

声声问候

从初一到十五

接连不断

中年时的记忆

过年 ——

最期盼的

不再是年三十中午的

鲜香水饺

也不再是除夕夜的

丰盛团圆饭

一台电视

取代了广场歌舞

一场春晚

成为必不可少的

文化大餐

登门拜年

在城乡已很少见
少一代拜的
也不是只有老人长辈
还有影视明星
歌坛大腕

如今的过年 ——
网络平台
浓缩了天高地远
物质丰富
颠覆了原有观念
团圆饭
多由家中
移位宾馆饭店
压岁钱
也少有人放在枕边
鞭炮稀落
淡远了烟花味道
春联纷呈
缺少了墨韵香染
手机问好
微信拜年
只在手指一动间

不要说过去的

年味浓

不要说如今的

年味淡

历史发展

社会进步

改革开放

天高地宽

老的年味

实在无法复制

新的年味

改变当属自然

中国的春节

是历史的延续

中国的过年

是文化的积淀

只是千变万变

不要改了初心

过年就是 ——

扫尘祭祖敬天地

继往开来展新颜

增进团结促和谐

祈求国泰与民安

（写于 2022 年 2 月 2 日，《今日头条》选发）

鞭炮声声

鞭炮声声
那是对旧岁的清零
过去的酸甜苦辣
悲欢离合
磕磕绊绊
恩恩怨怨
随着一声炮响
烟消云散
一切从零开始
好续人生新梦

鞭炮声声
那是在驱邪避凶
当阶击地雷霆吼
烟花纷飞漫天红
一声两声驱瘟神
三声四声鬼巢倾
千声万声响过后
家家户户保康宁

鞭炮声声
那是迎接新春的颂歌

那是万物复苏的身影

门上新桃换旧符

岭头梅花傲雪红

晴日破冰春心动

暖风吹面展新容

鞭炮声声

那是我儿时的梦

鞭炮声声

这是我今天的情

听

那除夕之夜的

声声鞭炮

除旧全无敌

听

那大年初一的

声声鞭炮

布新万物兴

（写于 2023 年春节,《今日头条》选发）

致敬,阿拉马力边防连

这里离雪山最近
最富有的色彩
便是白茫茫
这里离都市最远
白天太阳作伴
晚上星星月亮
这里最狂的是风暴
刮起来
天摇地晃
这里海拔 3500 米
登上去
气喘心慌
但在这里
却有一道亮丽的风景
这就是阿拉马力边防连
驻守着天山卫士
一群热血好儿郎
"三峰骆驼一口锅"
讲述着当年边防站创立的
感人故事
"毛主席的战士
最听党的话"
从这里飞出

天下传唱

"夫妻树""兄弟树"

树树成荫

小白杨长成大白杨

铸成刚强

国在心中

枪在肩上

用冰雪磨练意志

用奉献谱写华章

当内地的人们

进入梦乡

他们警惕的双眼

依然雪亮

啊! 祖国母亲

请您放心吧

放心地美丽富强

有这样的好儿郎

忠诚保卫

我们的边疆固若金汤

（写于 2019 年夏）

写给凯旋航天员

题记： 9月17日13时34分，神舟十二号载人飞船返回舱在东风着陆场成功着陆。神舟十二号载人飞行任务取得圆满成功！三名航天员聂海胜、刘伯明、汤洪波凯旋！

与日月为邻

与星星作伴

你们在太空驻留

驻留了九十天

"可上九天揽月

可下五洋捉鳖

谈笑凯歌还

世上无难事

只要肯登攀"

你们用自己的实践

验证了伟人的预言

如今你们完美凯旋

从天上回到人间

然而你们的飒爽英姿和

顽强精神

却定格在浩瀚太空

向宇宙宣言

中国龙无往不胜

五星红旗最为靓艳

（写于2021年9月18日，《今日头条》选发）

"三八"妇女节

礼赞"半边天"

风来了
您用身体遮住半边天
雨来了
您用双手遮住半边天
艳阳高照
半边天都是您的笑脸

生活的重担
压在左肩
工作的重担
压在右肩
挑过春夏秋冬
挑过苦辣酸甜
您那装满爱心的船
缆绳缠绵多半系在
家庭的港湾

莫道您只有柳眉杏眼
莫道您只懂柴米油盐
文有李清照
武有花木兰
世界只因为有了
伟大的"女子"
美"好"才会充满人间

（写于2022年3月8日,《今日头条》选发）

心泉流韵

写在"五四"青年节

我们曾经年轻

但如今青春已经不再

回想年轻时

那一头乌发

强健身肌

壮志凌云

激情豪迈

我们多想把时间的

日历倒过来翻

翻回年轻的时代

一梦醒来

眼前的春天

依旧阳光明媚

依旧惠风和畅

依旧草长莺飞

依旧鲜花盛开

还有那一群群

靓男靓女

依旧载歌载舞

尽情欢快

逝者如斯夫
青春不再来
只求我们
青春的心灵
永不衰老
在夕阳的余晖中
畅胸开怀
与时代的青春
相得益彰
共同绘出
生命的精彩

（写于 2022 年 5 月 4 日,《今日头条》选发）

论知己

（散文诗）

知己，是真心实意对待你的人；知己，是时时刻刻在意你的人；知己是世上最懂你的人。知己是心上琴弦，心有灵犀一点通，高山流水任自然；知己是杯中清茶，闻之幽香，喝之微甜。知己，比朋友更真；知己，比亲人更亲。知己之间，无性别之分，无年龄差距，无贫富悬殊，无空间距离，有的只是心心相印，你珍我惜。知己既可与你同甘，也可与你共苦。当你失意时，他会给予同情；当你落难时，他会伸手援助；当你悲伤时，他会陪你流泪；当你高兴时，他会与你共舞。面对你的缺点，知己只有善意的批评，绝无敌意的讥讽；面对你的背影，知己只会说"再见"，不会说"不见"。当你远在天涯，他却近在咫尺；当你近在咫尺，他仍保持距离。有知己在时，你也可能并未觉得人生美妙；但失去知己，你却会感到人生单调。古往今来，能称得上知己者，寥寥无几。马克思同恩格斯为政治知己；霸王项羽同美人虞姬为生死知己；侠女小凤仙同将军蔡锷为红颜知己。时至今日，知己极少，实在难觅。人生难得一知己，幸得知己应珍惜。莫待知己失去后，面对东流空叹息！

老年人生如此好

（散文诗）

白发双鬓染，夕阳黄昏照。此生已有限，来生更难料。宜将宿怨一笔销，心地宽余方正好。朝盼天亮迟，暮盼天黑早，醒时对人笑，梦中全忘掉。风冷不想躲，花美不想要。天高地厚，道大我小，莫问因果有多少。高官厚禄，金银财宝，任凭他人去争夺；竹篱茅舍，粗茶淡饭，尽由我辈享温饱。围炉温酒，墨香琴韵诗书画；烹雪煮茶，楚河汉界车马炮。桃源清幽，瑶池浩渺，掬来净心洗烦恼；踏雪寻梅，寒江独钓，洗尽铅华远尘嚣。儿孝女顺，子孙绕膝，家庭和乐无闲气。高山流长，知音稀少，密友善待莫轻抛。临海听涛，登山望月，闲云野鹤任逍遥。福寿康宁，南山终老。如此人生：留，也好！去，也妙！

心泉流韵

心有莲花开　世界自芬芳

人生苦短

世事无常

流年似水

岁月沧桑

春去了夏来

菊瘦了梅香

无论岁月

如何待我

我待岁月

一如既往

是风

就用它吹汗

是雨

就用它冲凉

是冰

就用它磨炼意志

是雪

就用它雕塑坚强

将人生的苦难

煮成茶

将人生的挫折

熬成汤

将人生的喜悦

酿成美酒

将人生的步履

写成诗行

行到水穷处

坐看云起时

朝霞晚霞一样美

日光月光皆明亮

心有莲花开

世界自芬芳

（写于 2022 年 12 月 10 日，《今日头条》选发）

我是一枚硬币

我是一枚硬币
一面是阴
一面是阳
阴和阳构成一个整体
亮闪闪
展示自己的灵魂
硬朗朗
彰显自己的骨气

我是一枚硬币
自知是那最小的面值
但是面对百元大票
我绝无奴颜
比肩欧元美钞
我绝不卑膝
因为我懂得
大家扮演的都是同一角色
充当一般等价物
流通商品经济里
我是一枚硬币
它属于别人

也属于自己

圆而不滑

坚而不脆

小而不卑

面对穷人

我笑脸相迎

面对富翁

我平坐平起

我是一枚硬币

阴和阳构成一个整体

阴有阴的柔美

阳有阳的壮丽

总有一天我也会逝去

逝去，依然回到熔炉里

让心灵再得到一次净化

让生命再经受一次洗礼

（写于 2012 年 1 月）

图影诗意

当摄影家有了诗人的眼睛，其作品便有了诗意的灵魂；当诗人读懂了摄影家的作品，其诗意便有了影像的注解。

——柳　林

八女投江纪念碑

（摄影 配诗）

一

红颜原是英雄身
一跃投江见忠魂
生命换来胜利果
白山黑水焕然新

二

休言女子非英豪
热血洒去化碧涛
多情最是浑河水
岁岁年年洗战袍

注：八女投江纪念碑位于黑龙江省林口县刁翎镇三家子村西北附近乌斯浑河东岸，为纪念东北抗日联军英勇牺牲的八位女战士而建。1938年7月至9月，东北抗日联军四、五军主力由依兰向五常一带征战。五军妇女团只剩下指导员冷云，班长胡秀芝、杨贵珍，战士郭桂琴、查桂清、王惠民、李凤善（朝鲜族）和四军被服厂厂长安顺福（朝鲜族）等八位同志，其中最大的23岁，最小的仅13岁。10月上旬队伍遭到敌人突然袭击，冷云等八名女同志被隔断在河边，同大部队失去联系。她们顽强战斗，宁死不屈，最后子弹打光，共同跳入乌斯浑河，为祖国的解放事业献出了宝贵生命。纪念碑正面是抗联老战士陈雷题词；"八女英魂，光照千秋"。

（写于2018金秋时节）

心泉流韵

台儿庄

（摄影　配诗）

当年此处鏖战激
弹洞村前村后壁
硝烟散去八十载
英雄铭记五十七
改革改出新天地
开放开来两岸谊
人间寻梦知多少
一城美景一城诗

心泉流韵

注：1.台儿庄是一座英雄城。在举世闻名的台儿庄大捷中，中国军人与侵华日军进行了一场绞肉机式的血战拼杀，取得了歼敌11984人的巨大胜利。鲜血染红了运河之水，枪弹击穿了树木墙壁，至今在清真古寺大殿前的两棵古柏之上弹孔仍然依稀可见。著名诗人臧

克家为此赋诗写道:"台儿庄,红血洗过的战场,一万条健儿在这里做了国殇"。

2. 在日军攻陷城池大部之际,我军五十七名战士组成的敢死队,身绑手榴弹,手挥大刀片,与敌人进行殊死搏斗。失陷的城池收复了,但57名敢死队员只有13人得以生还。

3. 台儿庄为全国首个海峡两岸交流基地。

红岩村读红梅

（摄影　配诗）

红岩村里读梅花
朵朵精神灿似霞
遥想当年女士赠
群英分享胜利茶
农场无私夸大有
精忠报国兴中华
千古一曲红梅赞
关山飞度向天涯

　　注：红岩本是一处地名，位于距重庆市区十余里的西北郊嘉陵江边。20 世纪 30 年代初，一位叫饶国模的知识妇女买下这里开垦花果农场，名曰"大有"。至抗战前夕，这里已是花果绿树满山。1939 年初，中共中央南方局和八路军驻重庆办事处在重

庆成立，并提出拟在农场建立机关时，饶国模当即划出地皮并积极帮助筹建工作。当年秋天，由办事处同志自己设计、修建的办公住宿大楼竣工，南方局、八路军驻重庆办事处全部迁此办公。从此，红岩村这片土地被赋予了新的历史内涵。

红岩村的红梅，凌寒怒放，色彩浓烈。抗战时期驻足红岩的老一辈革命者与诗同梅结下了不解之缘。1942年元旦，红岩村内，大家欢聚一堂，共庆新年。董必武即席赋诗：

共庆新年笑语哗，
红岩女士赠梅花。
举杯互敬屠苏酒，
散席分尝胜利茶。
只有精忠能报国，
更无乐土可安家。
陪都歌舞迎佳节，
遥祝延安景物华。

（写于 2023 年 2 月 12 日）

小调一曲扬四海

世人当记袁成隆

——游《沂蒙山小调》诞生地有感

（摄影　配诗）

当年抗日烽火红
沂蒙儿女多英雄
小调一曲扬四海
世人当记袁成隆

注：《沂蒙山小调》是一首山东省的经典民歌。诞生于山东临沂沂蒙山望海楼脚下的费县薛庄镇上白石屋村。它的前身是1940年由时任抗大一分校文工团团长袁成隆组织驻沂蒙山区抗大文工团团员李林和阮若珊等人采集创作的《反对黄沙会》。1953年秋，山东军区政治部文工团的副团长李广宗、研究组组长王印泉、乐队队长李锐云重新修改记谱，将原来歌词中的抗日主题，改为歌颂家乡的主题，后面又续加了两段歌词，定名为《沂蒙山小调》，从此沂蒙山小调正式版本诞生。《沂蒙山小调》与《茉莉花》被联合国教科文组织认定为中国最具代表性的两首民歌，蜚声海内外。"沂蒙好风光"也逐步渗入人们的心灵，成为沂蒙大地的主题形象。

（写于2023年6月26日）

暑日游杭州西湖

龙井示范园

（摄影　配诗）

龙护神泉吐玉浆
育出龙井美名扬
明前一片香几许
暑日依然禅味长

（写于 2022 年 7 月）

龙井茶园一角

夏日雨后泉城游感

（摄影　配诗）

雨后历山不染尘
明湖如镜自清心
七十二泉水向善
三百万户福临门

注：1. 济南有三大名胜，其一为千佛山，古称历山，至今济南地名多有历山痕迹，如历下、历城、历山路等。史书记载"舜帝躬耕于历山"，所以济南的千佛山又名舜山或舜耕山，因唐朝佛教兴盛，山上多有佛崖石刻佛像而得名千佛寺，山也改名为千佛山。2. 大明湖，济南三大历史名胜之一。位于济南市历下区旧城区北部，是由济南众多泉水汇流而成。大明湖景色优美秀丽，湖水水色澄碧，是国家 5A 级旅游景区 —— 天下第一泉风景区的核心组成部分之一。3. 济南别称泉城，城内泉水众多，水量丰沛，拥有"七十二名泉"，素有"家家泉水，户户垂柳""四面荷花三面柳，一城山色半城湖"的美誉。4. 人口普查数据显示，截至 2021 年 11 月 1 日，济南市常住人口数量约为 920 万人，全市共有家庭户 300 多万户。

心泉流韵

注：墨泉因水色苍苍如
墨而得名。泉水腾涌，
声势浩浩，素有"一泉
成河"之美誉，为济南
七十二名泉之一。

壬寅仲夏观济南章丘李清照故居有感

（摄影 配诗）

题记：济南章丘百脉泉旅游景区以群泉自然喷发成湖而出名，是龙山文化的发源地。景区内群泉鼎沸，垂柳染烟，犹如画轴，其中百脉泉、梅花泉、墨泉、东麻湾（万泉湖）被选为济南市新七十二名泉，是我国北方地区别具特色的泉景旅游景区。出生于此两宋之交杰出的女词人，世称婉约派一代词宗的千古才女李清照故居，就坐落在百脉泉公园内漱玉泉北侧。因她有《漱玉集》在世，后人便依此确定她的故居就在漱玉泉畔。

热风吹我到章丘
凉爽只缘泉水幽
梧桐细雨声声慢
物是人非事事休
漱玉千年流未了
几时洗尽君心愁
剑胆琴心归帝所
词宗一代美名留

注：1."物是人非事事休"，出自李清照的《武陵春·春晚》"物是人非事事休，欲语泪先流。"2."漱玉"，相传李清照曾于漱玉泉掬水梳妆，填词吟诗，她的作品《漱玉词》即以此泉命名。3."归帝所"，语出李清照词《渔家傲·天接云涛连晓雾》中"仿佛梦魂归帝所"。

心
泉
流
韵

夜游山城两江感赋

(摄影　配诗)

天堂人间赛辉煌

重庆辉煌胜天堂

两江交汇流溢彩

一洞争奇着红装

嫦娥惊羡山城美

玉兔下凡献瑞祥

喜看雾都大疫后

千帆竞渡奋图强

(写于 2023 年 2 月 11 日)

图影诗意

161

谒三苏祠读苏东坡

（摄影　配诗）

坎坷人生何所似

雪泥鸿爪复西东

高歌豪放大江去

吟啸徐行斜照迎

射箭弯弓西北望

问天把酒月明中

文豪一去千秋后

万代师学铁冠翁

心泉流韵

注：1. 雪泥鸿爪，意思是大雁在雪泥上踏过留下的爪印，比喻往事遗留的痕迹。出自苏轼《和子由渑池怀旧》诗。

2.《念奴娇·赤壁怀古》别名《念奴娇·大江东去》是苏轼豪放词代表作。

3. "吟啸徐行斜照迎"出自苏轼词《定风波·莫听穿林打叶声》。

4. "弯弓射箭"出自苏轼词《江城子·密州出猎》。

5. "问天把酒"出自苏轼词《水调歌头·明月几时有》。

6. 苏轼，号铁冠道人。

（写于2023年2月16日）

春到
三苏祠

吻

（摄影　配诗）

浪花吻着礁石
礁石屹立挺拔
礁石吻着浪花
浪花顽皮潇洒
千万次地吻
浪花终于感到了
礁石的温柔
千万次地吻
礁石终于感到了
浪花的强大
持之以恒
水可以柔石
石可以感化

（写于2023年3月26日）

八仙到此也迷路

——巴马水晶宫

（摄影　配诗）

千姿百态竞玲珑
天造地设鬼神功
八仙到此也迷路
眼见光明雾锁峰

（写于 2023 年 4 月 14 日）

图影诗意

165

心泉流韵

观第八届全国画院
美术作品展览有感

（摄影　配诗）

泼墨流彩抒豪情
正大气象画千屏
泉城流韵助雅兴
澄怀观道沐春风

注：济南因境内泉水众多，拥有"七十二名泉"，被称为"泉城"，素有"四面荷花三面柳，一城山色半城湖"的美誉。

（写于 2023 年 5 月 7 日）

图影诗意

心泉流韵

王羲之故居砚池观感

（摄影　配诗）

千古兰亭千古名

全凭一序造化功

我拜书圣悟书道

流觞源在砚池中

注：1. 兰亭集序是书圣王羲之在浙江绍兴兰渚山下以文会友，写出的"天下第一行书"。其文，字字玑珠，脍炙人口；其书，为其书法艺术的代表作，是中国书法艺术史上的一座高峰。2. 洗砚池，又名"砚池""墨池"，位于山东省临沂市砚池街20号王羲之故居内。相传王羲之幼年刻苦练字后，经常到池中洗刷砚台，因池水呈墨色文人称之为"墨池"。3. "流觞曲水"出自晋代·王羲之《兰亭集序》："此地有崇山峻岭，茂林修竹又有清流激湍，映带左右，引以为流觞曲水，列坐其次。"

（写于 2023 年 5 月 3 日）

鹅 池

（摄影　配诗）

一碑二字父子情
父也出名子也名
书坛轶事传千古
薪火相传看后生

　　注：王羲之爱鹅出名。他特意建造了一口池塘养鹅，取名"鹅池"。池边石碑刻有"鹅池"二字。提起这两个字，还有一个传说。有一天，王羲之正在写"鹅池"二字。刚写完"鹅"字，忽然有大臣拿着圣旨来到。王羲之只好停下笔来去接旨。在一旁看到父亲写字的王献之也是有名的书法家，他看见父亲只写了一个"鹅"字，就顺手提笔一挥，续写了一个"池"字。一碑二字，父子合璧，更是成了千古佳话。

（写于 2023 年 5 月 5 日）

观山东兰陵国家农业公园有感

（摄影　配诗）

谁持神笔绘美景
千变万化融一棚
中国农民挥巨手
改天换地气如虹

立体
种植

巨型
南瓜

代村小康楼

祝福祖国

北固山——
铁马金戈气浩然

（摄影　配诗）

虎踞雄视大江边
历尽沧桑不改颜
山名何用高千仞
铁马金戈气浩然

注：北固山，镇江三山名胜之一。远眺北固，横枕大江，石壁嵯峨，山势险固，因此得名北固山。三国时"甘露寺刘备招亲"的故事就发生在北固山。以险峻著称的北固山。北固山论高度只不过55米，但却享有"天下第一江山"美誉。这与辛弃疾以北固山为题填写的两首雄词有关。其中尤以《永遇乐·京口北固亭怀古》出名。词中"金戈铁马，气吞万里如虎"，是千古名句。

附：辛弃疾《永遇乐·京口北固亭怀古》

千古江山，英雄无觅孙仲谋处。舞榭歌台，风流总被雨打风吹去。斜阳草树，寻常巷陌，人道寄奴曾住。想当年，金戈铁马，气吞万里如虎。

元嘉草草，封狼居胥，赢得仓皇北顾。四十三年，望中犹记，烽火扬州路。可堪回首，佛狸祠下，一片神鸦社鼓。凭谁问：廉颇老矣，尚能饭否？

（写于 2023 年 5 月 27 日）

北固山
雄姿

西津渡 —— 中国古渡博物馆

（摄影　配诗）

峰峦叠翠连江涛
一街流彩竞妖娆
闲来把酒问古渡
风雨千秋洗几朝

　　注：西津渡古街全长约 1000 米，始创于六朝时期，历经唐宋元明清五个朝代的建设，留下了如今的规模。因此，整条街随处可见六朝至清代的历史踪迹。西津渡，三国时叫"蒜山渡"，唐代曾名"金陵渡"，宋代以后才称为"西津渡"。西津渡历代以来一直是我国南北水上交通漕运的枢纽，拥有唐朝以来大量的历史遗存，它是我国历史最久、规模最大、保存最好的渡口历史文化街区，被誉为"中国古渡博物馆"。

（写于 2023 年 5 月 28 日）

心
泉
流
韵

欧阳修醉翁之意——
岂止在乎山水间

（摄影　配诗）

早在中学时代学习欧阳修名文《醉翁亭记》时，我就萌发了去滁州琅琊山一观醉翁亭之念。谁料光阴荏苒，一去50余年，至今方才成行。由此也深感人生许多事，说易也易，说难也难。早年诵读《醉翁亭记》，常挂嘴边的一句是："醉翁之意不在酒，在乎山水之间也"。及至实地参观了"醉翁亭"，深入了解了"醉翁"后，才初步解透"醉翁之意，岂止在乎山水间"！那其中，实有他尽心竭力，积极协助范仲淹革新内政，终遭

群邪所忌，革官贬谪，以致其远大政治抱负难以实现之无奈；有他自身本值人生壮年，正当建功立业之时，而却被贬至滁，与一从众人中自视年高、自曰醉翁之自嘲；有他被贬滁州之后，身体力行，颇有政绩，百姓得以丰乐之欣喜；有他远离政治旋涡、寄乐于酒、寄情于泉之隐逸……联想到此，余不禁脱口而出如下小诗——

一

环滁皆山冈岭合
太守寄情欢乐多
醉翁之意不在酒
志士所怀家与国

二

一记名文千古传
琅琊胜境阔无边
世人只道醉翁醉
谁解醉翁正壮年

注：1. 醉翁亭始建于北宋庆历六年（1046年），山僧智仙为欧阳修而建，欧阳修命亭名并撰《醉翁亭记》一文而闻名遐迩，居全国四大名亭之首，有"天下第一亭"的美誉。2. 欧阳修写《醉翁亭记》时，年仅39岁。

（写于2023年6月6日）

醉翁亭欧梅——
玉瓣金心德照人

（摄影　配诗）

　　题记：滁州琅琊山醉翁亭内有株古梅，为北宋欧阳修亲手所植，世称"欧梅"，又名"杏梅"。这株古梅品种稀有，本性高洁，其花期不抢蜡梅之先，被誉为"花中巢许"。虽历经千年风雨，如今依然枝繁叶茂。每到暖春时节，繁花满枝，如云似雪，玉瓣金心，生机勃勃。初夏时节，我来拜观，但见枝头挂满果实，口味尝而心已香也。

古梅犹似醉翁身

阅尽琅琊千度春

花中巢许贵何处

玉瓣金心德照人

　　注：花中巢许：巢许是指上古隐士巢父和许由，他们被认为是高尚情操的象征。古人将他们并称为巢许，以示高洁不屈的精神。欧梅树前"花中巢许"四字，为李嵩阳题刻，意赞欧梅有巢许精神，将欧梅比作花中隐士贤人，兼誉欧阳修之高风亮节。

（写于 2023 年 6 月 5 日）

夏至田园着艳装

（摄影　配诗）

夏至田园着艳装
青翠满眼鱼满塘
苹果蕃茄竞比美
不如黄瓜一尺长
　　　（写于 2023 年 6 月 13 日）

沂蒙人家——

云伴青山山伴云

（摄影　配诗）

云伴青山山伴云
明月临窗星近人
夜来银汉游一梦
醉卧瑶台玉帝门

（写于 2023 年 6 月 27 日）

李白醉卧兰陵 ——
不知何处是他乡

（摄影 配诗）

诗仙偏爱卧兰陵
香醉郁金美梦中
岁月一去千年后
今人犹记客中行

注：李白一生与酒为伴，既是"诗仙"，也是"酒仙"。开元年间，李白游历山东，得饮兰陵美酒，郁金香醉，诗兴勃发，留下千古绝唱《客中行》"兰陵美酒郁金香，玉碗盛来琥珀光。但使主人能醉客，不知何处是他乡。"

（写于 2023 年 7 月 8 日）

图影诗意

亚历山大手风琴珍藏馆
一架风琴一精灵

（摄影　配诗）

题记：手风琴是一种古老的乐器，起源于欧洲。它是一种手动风琴，由风箱、键盘和簧片组成。能演奏出各种曲调。手风琴在欧洲和美洲的乡村音乐中非常流行，被称为"乡村之王"。

一架风琴一精灵
乡村王者多风情
眼前莫道静悄悄
此处无声也有声

注：亚历山大手风琴珍藏馆位于伊宁市六星街景区，土生土长的俄罗斯族居民亚历山大·谢尔盖维奇·扎祖林，用40多年时间收藏了20多个国家的800多架手风琴，其中不乏古董级精品，摆满了1000多平方米的展厅。作为"俄罗斯族巴扬艺术"自治区级非遗传承人，亚历山大希望用手风琴把民族团结之歌演奏给更多人听，以促进世界和平。

（写于2023年7月10日）

乐在
其中

维族
七岁
木泥沁
演奏
展风采

亚历山大之徒
亚历坤为游客
演奏手风琴

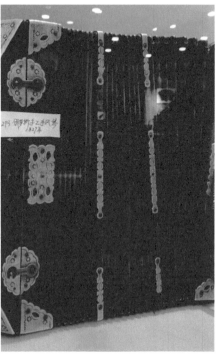

六星街上六星明

（摄影　配诗）

题记：六星街位于新疆伊犁自治州伊宁市区内西北侧，东起江苏路，南邻解放路，西至伊犁师范学院，北邻环城北路，现在的街区名并不叫六星街，而是由黎光街、工人街、赛依拉木街3条街从中心广场辐射出6条主干道，把街区分成六个扇形小区，形成一个独具特色的六边形街区，街道两侧风格各异的庭院依次展现，井然有序。在这个占地面积只有47公顷的街区内，居住着汉族、维吾尔族、哈萨克族、回族、俄罗斯族、塔塔尔族等多个民族的居民。各民族手足相亲、精神相依、守望相助、人心归聚，相互交往交流交融。

六星街上六星明
榴籽紧抱团结情
携手共圆小康梦
幸福和谐乐融融

（写于 2023 年 7 月 13 日）

维族
小花帽

丝路之光小镇——
伊宁旅游的新名片

（摄影　配诗）

　　题记：伊宁市丝路之光旅游小镇，位于伊宁边境经济合作开发区重庆北路，紧临伊宁火车站。小镇内有喷泉、啤酒广场、露天网红夜市以及艺术博物馆，还有以纯手工制作为主的哈萨克大毡房。"一带一路"沿线上的中亚五国及欧洲国家的风情文化、伊犁的多元民俗文化、艺术画作、名优特产、特色美食等等都在此得以展现。夜晚小镇璀璨的灯光秀展示了"丝路花城，彩色伊宁"的勃勃生机，成为伊宁旅游的新名片。

溢彩流光耀夜空
情连丝路展华容
嫦娥梦醒人间看
西域又添不夜城

（写于 2023 年 7 月 18 日）

昭苏天马浴河——
激流勇进奋争先

（摄影　配诗）

题记：新疆昭苏县享有中国"天马之乡"的美誉。入夏之后，在昭苏湿地公园景区，蓝天白云下，湍湍急流中，骏马奔腾，踏浪勇进，场面极为壮观，被誉为"天马浴河"。

天马浴河闹草原
激流勇进奋争先
鬃发洗罢精神抖
一跃昆仑万仞山

注：李白有诗赞天马"腾昆仑，历西极，四足无一蹶。鸡鸣刷燕晡秣越，神行电迈蹑慌惚"。

（写于 2023 年 7 月 12 日）

图影诗意

喀什香妃园——
情系乾隆迷梦魂

（摄影　配诗）

题记： 香妃园景区占地面积300余亩，坐落于喀什市东北郊5公里的浩罕乡艾孜热特村。2014年7月开始打造以"香妃"文化为主题的旅游景区，2019年被国家评为4A级旅游景区。景区分别从故里、故居、故人三方面讲述了香妃从出生到去世，从喀什到北京，从香香公主到万千宠爱于一身的传奇故事。零距离感受喀什特色风情和民俗文化。

玉容未近香袭人
情系乾隆迷梦魂
绝代红颜零落去
独留衣冢向黄昏

注： 根据专家考证，香妃并没有葬在这里，喀什香妃墓内存放的是香妃的衣冠，她确切的葬地是在河北遵化清东陵的裕妃园寝，乾隆帝的裕陵就建在那里。

（写2023年7月16日）

心泉流韵

香妃
故事浮雕

香妃墓

远方
游客

喀什盘橐城——
英雄威武定天山

（摄影 配诗）

题记：盘橐城位于喀什市东南郊多来巴提格路以南，维吾尔语中称"埃斯克沙尔"，是破城子的意思，破城子，名如其实，破败而尘封了历史的过往，这里曾是西域疏勒国国王的行宫，也是东汉班超建功立业之地，更是汉代经营西域的隆兴之地。如今的盘橐城为1994年在原址上兴建，占地14.5亩，以班超雕像为中心，36勇士雕像沿神道左右对称，后衬36米长，9米高大型半圆浮雕屏墙，建有大门、古亭、石牌坊、城墙、烽火台建筑，旨在纪念这位维护民族团结的历史名人——班超。

弃笔从戎出玉关
英雄威武定天山
三十六名部下勇
至今浩气冲云天

注：班超（32—102年），字仲升。扶风平陵（今陕西省咸阳市）人。东汉时期著名军事家、外交家，史学家班彪的幼子，其长兄班固、妹妹班昭也是著名史学家。班超为人有大志，于42岁时投笔从戎，随窦固出击北匈奴，又奉命出使西域。在三十一年的时间里，平定了西域五十多个国家，为西域回归、促进民族融合，做出了巨大贡献。被汉和帝封为定远侯，世称"班定远"。

（写于2023年7月15日）

心泉流韵

喀什古城——
丝路明珠放异彩

（摄影　配诗）

题记：喀什古城历史悠久、文化丰厚、风情独特，素有"不到喀什不算到新疆，不到古城，不算到喀什"的美誉。景区内有印象一条街、铁业木社、花帽巴扎、艾提尕尔广场、千年古街、百年茶馆等；有角落咖啡店、九龙泉商业街区民宿、旅拍佳处等现代文明和古老文化相融合的新兴业态；有开城仪式、驼队巡游、西域公主选郎等精彩表演；还有彩虹巷、布袋巷等网红打卡点；更有汗巴扎美食让人流连忘返。

曲巷弯街漫步行
吹发拂面瀚海风
花帽难遮斑鬓老
彩裙犹配香妃容
铁匠铺中红火火
古街巷里绿葱葱
丝绸之路连西亚
璀璨明珠看古城

（写于 2023 年 7 月 17 日）

心泉流韵

那拉提草原——
上天抛给人间的绿色头巾

（摄影　配诗）

题记： 那拉提旅游风景区，位于新疆维吾尔自治区新源县境内，地处天山腹地，伊犁河谷东端。风景区自南向北由高山草原观光区、哈萨克民俗风情区、旅游生活区组成。那拉提旅游风景区内集草原、沟谷、森林于一体，植被覆盖率高，野生动物资源丰富，因自然生态景观和人文景观独具特色，且海拔高度2000米左右，而被誉为"空中草原""天山绿岛""绿色家园""五彩草原""人间天堂"。

那拉提——
因为您的美丽无比
赢得了众多美誉——
天山绿岛
人间天堂
绿色家园
空中草原
五彩草原
一个比一个
优美动听
一个比一个
富有诗意
而今我谓那拉提
您是上天抛下的

绿色头巾
绿得温柔
绿得奔放
尽情伸展
铺向天际

头巾上绣有——
茸茸绿草
雪山松林
点点毡房
遍地牛羊
更有那千亩花海
竞相开放
巩乃斯河流
碧波荡漾
再加上
蓝天白云的标配
采蜂女的
美丽传说
那拉提民歌的
美妙悠扬
直把个
天山腹地
伊犁河谷
装扮得
风姿绰约
让人们来了
痴情留恋
离去终生难忘

（写于2023年7月11日）

（本章图文均被《今日头条》选发）

心泉流韵

诗论诗家

江山代有才人出

各领风骚数百年

——赵　翼

诗论屈原

不幸的是您：

路漫漫其修远兮，

您独上下而求索；

世人皆醉您独醒，

独醒更苦无处说。

生不逢时，

以死明节。

最终您选择了

怀沙抱石，

投身汨罗。

用挺直的脊梁

伸张正义；

用不屈的灵魂

彰显爱国。

那一刻啊，

江水因您而悲咽 ——

从此悲咽了千年五月，

不停地为您鸣冤叫屈；

那一刻啊，

鱼鳖因您而绝食 ——

从此绝食了千年五月，

不忍吞食您的骨肉，
守护您的灵魂高洁！

幸运的也是您：
一篇《离骚》传千古，
万民祭拜端午节 ——
岁岁龙舟渡，
粽香盈江河！
如今啊，
您的名字
已化成神圣的丰碑，
永恒地矗立在
汨罗江畔 ——
光耀天地，
辉映日月。
身后不仅有
李白、杜子美，
身后不仅有
陆游、苏东坡，
更有三湘子弟，
九州儿女，
会同四海五洲
有识之士，
一齐追随您 ——
为正义而问天，

为真理而求索。

　　注：屈原（约公元前 340 年—前 278 年），战国时期楚国诗人、政治家。出生于楚国丹阳秭归（今湖北宜昌），为楚武王熊通之子屈瑕的后代。少年时博闻强识，志向远大。早年受楚怀王信任，任左徒、三闾大夫，兼管内政外交大事。因遭贵族排挤诽谤，被先后流放至汉北和沅湘流域。楚国郢都被秦军攻破后，自沉于汨罗江，以身殉国。屈原是中国历史上第一位伟大的爱国诗人，中国浪漫主义文学的奠基人，"楚辞"的创立者和代表作家，被誉为"辞赋之祖"和"中华诗祖"。其主要作品有《离骚》《九歌》《九章》《天问》等。以屈原作品为主体的《楚辞》与《诗经》并称"风骚"，对后世诗歌产生了深远影响。"路漫漫其修远兮，吾将上下而求索"，屈原的"求索"精神，成为后世仁人志士所信奉和追求的一种高尚精神。1953 年，屈原与波兰哥白尼、法国拉伯雷、古巴何塞·马蒂，成为世界和平理事会所决定纪念的世界四大文化名人。

心泉流韵

诗论李白

论酒,您是酒仙 ——
"百年三万六千日,
一日须倾三百杯。"
将进酒:
"岑夫子,丹丘生,
将进酒,杯莫停。
古来圣贤皆寂寞,
惟有饮者留其名。"
有钱喝酒:
"陈王昔时宴平乐,
斗酒十千姿欢谑。"
无钱喝酒:
"主人何为言少钱?
径须沽取对君酌。"
得意时喝酒:
"人生得意须尽欢,
莫使金樽空对月。"
失落时喝酒:
"花间一壶酒,
独酌无相亲。
举杯邀明月,
对影成三人。"
……

直喝得 ——

"长安市上酒家眠，
天子呼来不上船。"
"五花马，千金裘，
呼儿将出换美酒，
与尔同销万古愁！"

论诗，您是诗仙 ——
朝辞白帝城
您诗曰：
"两岸猿声啼不住，
轻舟已过万重山。"
夜见明月光
您诗曰：
"举头望明月，
低头思故乡。"
望天门山
您诗曰：
"两岸青山相对出，
孤帆一片日边来。"
送孟浩然
您诗曰：
"孤帆远影碧空尽，
惟见长江天际流。"
登金陵凤凰台
您诗曰：
"三山半落青天外，
一水平分白鹭洲。"

梦天姥吟留别

您诗曰：

"安能摧眉折腰事权贵，

使我不得开心颜!"

……

诗如泉涌，

歌似长江。

那是酒的升腾，

那是月的辉煌 ——

因为酒入豪肠，

酿成月光，

汇成诗的瀑布，

飞流直下三千尺，

好似银河来天上!

生，斗酒诗百篇；

死，骑鲸捉月亮!

注：李白（701—762 年），字太白，号青莲居士，又号"谪仙人"，唐代伟大的浪漫主义诗人，被后人誉为"诗仙"，与杜甫并称为"李杜"。《新唐书》记载，李白为兴圣皇帝李暠九世孙，与李唐诸王同宗。李白深受黄老列庄思想影响，诗作中多为醉时所写。杜甫在《饮中八仙歌》中称他是"李白斗酒诗百篇，长安市上酒家眠，天子呼来不上船，自称臣是酒中仙。"其代表作有《望庐山瀑布》《行路难》《蜀道难》《将进酒》《早发白帝城》等多首。民间传说，李白是醉酒跳江捉月驾鲸升天的。今四川省江油市北郊昌明河畔建有李白纪念馆，为全国爱国主义教育示范基地。

诗论杜甫

您从北方的大士族
中走来，
"七龄思即壮，
开口咏凤凰。"
幼小的年龄就彰显出
杰出的诗才。

您从洛阳的困顿中走来，
与李白结下了
"醉眠秋共被，
携手日同行"的情怀。
正是这次偶然的相遇，
成就了后来李杜诗篇
万口传的精彩。

您从安史之乱的
血雨腥风中走来，
"三吏"的残暴
使您愤怒；
"三别"的凄惨
让您悲哀。

您从成都的
"浣花草堂"走来，
茅屋为秋风所破。
床头屋漏无干处，

长夜漫漫实难挨。

您从耒阳暴涨的
江水中走来，
但这一回
您却没能走出
那条风雨飘摇
的小船，
可怜一颗诗星
最终带着饥饿堕落，
坠落在冰冷的江水，
空将"安得广厦千万间，
大庇天下寒士俱欢颜"
的美梦，
留给未来。

草堂今仍在，
诗圣誉千载。
上天给你的
是一个贫弱的躯体，
可您，却活出一个
属于自己的辉煌时代！

注：杜甫(712—770年)，字子美，自号少陵野老，世称"杜工部""杜少陵"等，出生于河南巩县（今河南巩义市），唐代伟大的现实主义诗人。杜甫被世人尊为"诗圣"，其诗被称为"诗史"。杜甫出身于京兆杜氏，乃北方的大士族。他自幼好学，七岁便能作诗。他忧国忧民，人格高尚。他的诗约有1500首被保留了下来。其代表作有《春望》《春夜喜雨》《望岳》《三吏》《三别》和《茅屋为秋风所破歌》等。公元770年冬，杜甫在由潭州往岳阳逃难的一条小船上因贫病交加而去世。

诗论白居易

普普通通的原上草,
却让您在长安
一举成名。
只缘您道出了
小草的顽强生命:
"野火烧不尽,
春风吹又生。"

平平常常的一次
于舟上同歌女相逢,
在您笔下却幻化出
感人至深的
"琵琶行",
只缘那
"相逢何必曾相识,
同是天涯沦落人"
的千古名句,
引发了古今中外
迁客骚人的共鸣。

路经马嵬驿,
联想杨贵妃,
您唱出了
感天动地的
"长恨歌"。

"在天愿作比翼鸟,
在地愿为连理枝。"
成为无数痴情男女的
誓言铮铮。

面对卖炭翁,
触景生同情:
"可怜身上衣正单,
心忧炭贱愿天寒。"
如此深层的心理刻划,
令无数忠实读者
无不为之动容。

达则兼济天下。
任职杭州刺史,
您主持疏浚"六井",
让市民喝上
清澈的井水;
任职苏州刺史,
您主持开凿
"七里山塘",
便利市民水陆交通。

隐则独善其身。
在您眼中:
风翻白浪花千片,
雁点青天字一行"。
江花胜火水如蓝,
"露似珍珠月似弓"。
—澄怀观道!

在您心中：
"天平山上白云泉，
云本无心水自闲。
何必奔冲山下去，
更添波浪向人间"。
——与世无争！

有人称您"诗魔"，
有人称您"诗王"，
"诗魔""诗王"
怎能比得上您的大名：
天生一个"白乐天"
"文章合为时而著，
诗歌合为事而作。"
您是中国诗歌的天空
永不陨落的一颗明星！

心泉流韵

注：白居易（772—846 年），字乐天，号香山居士，又号醉吟先生，祖籍山西太原，生于河南新郑。是唐代伟大的现实主义诗人，唐代三大诗人之一。为官，他力求"达则兼济天下"。在杭州刺史任内，见杭州有六口古井因年久失修，便主持疏浚六井，以解决杭州人饮水问题。在苏州刺史任内，白居易为了便利苏州水陆交通，开凿了一条长七里西起虎丘东至阊门的山塘河，河北修建道路，叫"七里山塘"，简称"山塘街"。为文，他主张："文章合为时而著，歌诗合为事而作。"他与元稹共同倡导新乐府运动，世称"元白"，与刘禹锡并称"刘白"。其诗歌题材广泛，形式多样，语言平易通俗，有"诗魔"和"诗王"之称。其代表诗作有《长恨歌》《卖炭翁》《琵琶行》等。

诗论王维

我们从渭城朝雨中
认知您——
细雨蒙蒙，
润湿轻尘。
客舍青青，
柳色一新。
您劝君更尽一杯酒，
西出阳关无故人。

我们从九九重阳中
认知您——
独在异乡，
身为异客。
每逢佳节，
倍加思亲。
您遥知兄弟登高处，
遍插茱萸少一人。

我们从桃源之行中
认知您——
"渔舟逐水爱山春，
两岸桃花夹古津。
坐看红树不知远，
行尽清溪不见人。"

我们认知您
认知在——
"明月松间照，
清泉石上流。
竹喧归浣女，
莲动下渔舟。"

我们认知您
认知在——
"征篷出汉塞，
归雁入胡天。
大漠孤烟直，
长河落日圆。"

我们认知您
认知在——
"楚塞三湘接，
荆门九派通。
江流天地外，
山色有无中。"

我们认知您
认知在——

"红豆生南国，
春来发几枝。
愿君多采撷，

此物最相思。"

……

您的每一首诗
都是一幅画；
您的每一幅画
都是一首诗。
只缘您平生笃爱
"行到水穷处，
坐看云起时。"
身，虽在尘世，
心，已经入佛！

注：王维（701—761年），字摩诘，号摩诘居士。河东蒲州（今山西永济）人，祖籍山西祁县。唐朝诗人、画家。王维名字合之为"维摩诘"。维摩诘乃是佛教中一个著名的在家菩萨，意为以洁净、没有染污而著称的人。可见王维之名中已与佛教结下不解之缘。王维参禅悟理，精通诗、书、音、画，以诗名盛于开元、天宝年间。其诗多咏山水田园，与孟浩然合称"王孟"。所写诗中取景状物，极有画意。色彩鲜明而优美；意境深长而悠远。因笃诚奉佛，乃有"诗佛"之称。书画特臻其妙，后人推其为南宗山水画之祖。北宋苏轼评论说："味摩诘之诗，诗中有画；观摩诘之画，画中有诗。"

诗论诗家

诗论王之涣

不知是历史的不公，
还是人为的埋没？
您为世人留下的
仅有六首诗歌。
可这并未影响您
在诗歌殿堂的排位，
"著名边塞诗人"
交椅端然稳坐。

"白日依山尽，
黄河入海流"。
——大气磅礴，
视野雄阔！
"欲穷千里目，
更上一层楼"。
——催人奋进
哲理深刻！
短短四句，
二十个字，
便令"鹳雀楼"
名扬四海：
男女老少登楼远眺，
文人骚客竞相唱和。

"黄河远上白云间，
一片孤城万仞山"。
让人们领略到
边疆的雄奇与壮美；

"羌笛何须怨杨柳，
春风不度玉门关"。
让人们感悟到
戍边的荒寒与寂寞！
短短四句，
二十八字，
流传千古，
压卷"七绝"！

诗存六首，
在大唐的诗家中
您并非最少——
吴中才子张若虚
孤篇盖全唐：
《春江花月夜》。
六首诗歌名闻天下，
您让我们悟出了
为诗的真谛：
诗贵于精，
以少胜多！

注：王之涣（688—742年），字季陵，绛郡（今山西新绛）人。曾任冀州衡水主簿，不久被诬丢官，遂漫游北方，到过边塞。闲居十五年后，复出任文安县尉，唐玄宗天宝元年卒于官舍。据《唐才子传》记载，他少时有侠气，击剑悲歌。为诗情致雅畅，得齐梁之风。王之涣是盛唐时期著名的边塞诗人，曾与王昌龄、高适、崔国辅等相唱和，名动一时。每有一作，都被歌女广为流唱。王之涣有两首诗极负盛名。一首是五言绝句《登鹳雀楼》，一首是七言绝句《凉州词》。《登鹳雀楼》是唐代五言诗的压卷之作。2011年中华书局出版的《唐诗排行榜》中，《登鹳雀楼》排在五言诗类第一位。《凉州词》则被誉为唐代七绝的压卷之作。可惜《全唐诗》仅存其诗六首，但这六首足以让他位列唐代大诗人之列。

诗论诗家

诗论李贺

"玉宫桂树花未落

仙妾采香垂佩缨"

"王子吹笙鹅管长

呼龙耕烟种瑶草"

读着这样的诗句

谁能想到

您食的是人间烟火

"横船醉眠白昼闲

渡口梅风歌扇薄"

"我有迷魂招不得

雄鸡一声天下白"

读着这样的诗句

谁能知道

您在梦中

还是醒着

您是天生的鬼才

七岁能辞章

并非神话

面对慕名探究

使您赋诗的韩愈

您挥笔辄就

一鸣惊人的

《高轩过》

工于发端

百炼千磨

语奇意奇

凄美冷绝

"天迷迷

地密密

熊虺食人魂

雪霜断人骨"

漆灰骨末丹水砂

"凄凄骨血生铜花"

令鬼神为之变色

"端州石工巧如神

踏天磨刀割紫云"

"女娲炼石补天处，

石破天惊逗秋雨"

令神仙为之惊愕

人妒鬼才

河南府试

名列前茅

引起竞争者忌恨

一纸状告

把您前途判了死刑

天妒鬼才

短短二十七岁

您便驾鹤西去

从此

人间诗坛

少了李鬼

天上星河

亮了李贺

注： 1. 李贺（790—816年）字长吉。河南府福昌县昌谷乡（今河南省宜阳县）人，祖籍陇西郡。唐朝中期浪漫主义诗人，与诗仙李白、李商隐称为"唐代三李"，后世称李昌谷。李贺自幼体形细瘦，通眉长爪，长相极有特征。他才思聪颖，七岁能诗，又擅长"疾书"。相传贞元十二年（公元796年）李贺正值七岁，韩愈、皇甫湜造访，李贺援笔辄就写成《高轩过》一诗，韩愈与皇甫湜大吃一惊，李贺从此名扬京洛。李贺出身唐朝宗室大郑王（李亮）房，门荫入仕，授奉礼郎。仕途不顺，热心于诗歌创作。诗作想象极为丰富，引用神话传说，托古寓今，后人誉为"诗鬼"。27岁（一说24岁）英年早逝。李贺是继屈原、李白之后，中国文学史上又一位颇享盛誉的浪漫主义诗人，有"太白仙才，长吉鬼才"之说。作为中唐到晚唐诗风转变期的代表人物，李贺与"诗仙"白、"诗圣"杜甫、"诗佛"王维齐名，留下了"黑云压城城摧"，"雄鸡一声天白"，"天若有情天亦老"等千古佳句。著有《昌谷集》。
2. 由于李贺父名"晋肃"和"进士"谐音，竞争者状告李贺考进士就是对父亲的严重不孝。这一告便把李贺的前途判了死刑。

心泉流韵

诗论刘禹锡

大凡著名的诗家
都有高雅的名号
诗魂 —— 屈原
诗仙 —— 李白
诗圣 —— 杜甫
诗杰 —— 王勃
诗鬼 —— 李贺
诗奴 —— 贾岛
而您的雅号
却特别响亮 ——
大唐三杰
一代诗豪

称您诗豪
您"豪"在哪里
让我们把历史翻到
公元八百一十五年
去问长安玄都观的
桃花妖娆
桃花说
您遭贬朗州十年
刚被召回长安

就写下这样的诗句

"玄都观里花千树

尽是刘郎去后栽"

对攀炎趋势的新贵

是如此蔑视

对阿谀逢迎的小人

是如此讥笑

称您诗豪

您豪在哪里

让我们把历史翻到

公元八百二十四年

去问安徽和州

那半间茅屋的

风雨飘摇

茅屋说

虽然我简陋

简陋得只能容下

一床一桌一椅

但却名扬天下

因为傍上了诗豪

"山不在高

有仙则名

水不在深

有龙则灵

斯是陋室

心泉流韵

唯我德馨"
苦难中达观
清贫中乐道
陋室不陋人品高

称您诗豪
是因为您"豪"在 ——
莫道谗言如浪深
莫言迁客似沙沉
千淘万漉虽辛苦
吹尽狂沙始到金
百折不挠

称您诗豪
是因为您"豪"在 ——
九曲黄河万里沙
浪淘颠簸到天涯
如今直上银河去
同到牵牛织女家
气冲云霄

称您诗豪
是因为您"豪"在 ——
自古逢秋悲寂寥
我言秋日胜春朝
晴空一鹤排云上

便引诗情到碧霄

古往今来

吟秋诗歌

千首万首

您的《秋日》

别开生面

豪情万丈

力压群雄

独领风骚

注：1. 刘禹锡（772—842年），字梦得，自述"家本荥上，籍占洛阳"（另有江苏徐州、浙江嘉兴等地之说，至今无定论）唐朝时期大臣、文学家、哲学家，有"诗豪"之称。在中唐诗坛上，其诗歌独标一格，题材广阔，取境优美，词藻瑰丽，精炼含蓄，韵律自然。文学成就与柳宗元并称"刘柳"，与韦应物、白居易合称"三杰"，与白居易合称"刘白"。政治上，唐顺宗即位后，刘禹锡参与"永贞革新"。革新失败，屡遭贬谪。但他百折不挠，越挫越勇，坚守着自己的理想。公元842年，卒于洛阳，享年七十一岁，追赠户部尚书，葬于荥阳。（今河南郑州荥阳）荥阳市政府在刘禹锡墓的基础上，耗巨资建设了占地280多亩的大型文化主题公园——刘禹锡公园，并免费向市民开放。

2. 陋室长庆四年（公元824年），刘禹锡被贬安徽和州，因为刚直不阿，势利的和州县令把他的住所面积一缩再缩，最后竟然给刘禹锡安排了半间茅屋，里面仅能容一床一桌一椅。第二天，刘禹锡就挥笔写就文章一篇，然后刻在石上，立于门口，这就是那篇脍炙人口的《陋室铭》。

（写于2022年3月16日）

心泉流韵

诗论柳宗元

作为河东柳氏

您的祖上

同裴氏薛氏

一样显赫

大唐盛世

柳家与李氏皇族

关系密切

仅高宗一朝

尚书省同时居官

就有 22 人之多

谁料时至永徽年间

屡遭女皇武曌迫害

从此以后

皇亲国戚

不复存在

多灾多难

家族跌落

跌落到

"五、六从以来

无为朝士者"

父亲逃亡

母亲避难

您的童年

在艰难困苦中度过

为文 ——

文以明道

学古创新

与韩愈并称"韩柳"

唐宋八大家中名列

《小石潭记》

以游踪为序

用移步换景

寓情于景

情景交融

长期入选小学

语文教材

堪称山水游记佳作

《捕蛇者说》

因事而感

因感而异

波澜纵横

委婉曲折

由异蛇引出异事

由异事导出异理

—— 赋敛之毒

甚于蛇毒

惊世骇俗
悲愤痛绝

为诗 ——
您有"千万孤独"
"千山鸟飞绝
万径人踪灭"
环境如此恶劣
您却依然坚守
"孤舟蓑笠翁
独钓寒江雪"
短短四句
二十个字
孤傲脱俗
清寒高洁
您有"双垂泪别"
"一身去国六千里
万死投荒十二年"
奸党弄权
迫使您远离长安
千难万险
十二载投荒百越
公元八一六年
春夏之交时节
思念着同来的
两位从弟一死一别

您"零落残魂倍黯然

双重别泪越江边"

句句含泪

字字滴血

为官——

您的一生

政治失意

仕途坎坷

一贬再贬

直被贬得愁肠百结

站在柳州高高的楼上

您看到绵绵的远山

层层叠叠

清清的柳江

百转千折

联想到知己好友

同时被贬

音书难达

山水隔绝

您的愁思

一如那茫茫大海

无边无际

难与人说

失意中

您执政为国

坚持不懈

坎坷中

您心系百姓

造福多多

释放奴婢

兴办学堂

开荒凿井

推广医学

鞠躬尽瘁

四十七岁

您的生命

终止在柳州刺史任上

建祠立传

柳州人民世代传颂

您的精神

永不磨灭

注：1. 柳宗元（公元 773—819 年），祖籍河东郡（河东柳氏与河东薛氏、河东裴氏并称"河东三著姓"），祖上世代为官（七世祖柳庆为北魏侍中，封济阴公。柳宗元的堂高伯祖柳奭曾为宰相，曾祖父柳从裕、祖父柳察躬都做过县令）。其父柳镇曾任侍御史等职。柳宗元的母亲卢氏属范阳卢氏，祖上世代为官。

2. 公元 815 年，柳宗元由永州司马被改贬为柳州刺史。公元 819 年（元和十四年）十一月初八，柳宗元在柳州因病去世。享年 47 岁。柳宗元逝世后的第二年，柳州人民在停放他灵柩的地方修建了衣冠墓。第三年，人民修建罗池庙来纪念他。后来人们又在这里建成柳侯祠。

（写于 2022 年 2 月 13 日）

诗论苏轼

出生眉州，

初知密州，

谪居黄州，

流落儋州，

逝于常州，

葬于汝州，

您一生

注定与州有缘。

程苏结怨，

乌台诗案，

宦海沉浮，

云雨覆翻，

您一生

仕途坎坷，

多艰多险。

失之东隅，

收之桑榆。

您擎起

文化改革大旗，

以诗入词，

开创崭新局面。

"大江东去，浪淘尽

千古风流人物"，

您如此豪放；

"十年生死两茫茫，

不思量，自难忘"，

您如此哀婉！

"左牵黄，右擎苍，

锦帽貂裘，

千骑卷平岗。"

密州出猎——

您老夫聊发少年狂；

"醉中走上黄茅岗，

满岗乱石如群羊。"

徐州放怀——

您岗头卧倒石上眠。

您是天生的乐天派：

竹杖芒鞋轻胜马

一蓑烟雨任平生。

花开花落任他去，

宠辱不惊自安然。

有人说您是神，

有人说您是仙，

神仙也难以与您比肩：

"文章妙天下,

忠义贯日月。"

您是一座

精神文化的丰碑,

辉耀千古,

历久弥新,

永远矗立在

人民心间!

　　注：苏轼(1037—1101 年),字子瞻、和仲,号铁冠道人、东坡居士,世称苏东坡、苏仙,汉族,眉州眉山(今四川省眉山市)人,祖籍河北栾城,北宋著名文学家、书法家、美食家、画家。嘉祐二年(1057 年),苏轼进士及第。宋神宗时在凤翔、杭州、密州、徐州、湖州等地任职。公元 1080 年,因"乌台诗案"被贬为黄州团练副使。宋哲宗即位后任翰林学士、侍读学士、礼部尚书等职,并出知杭州、颍州、扬州等地。晚年因新党执政被贬惠州、儋州。宋徽宗时获大赦北还,途中于常州病逝。苏轼是北宋中期文坛领袖,在诗、词、散文、书、画等方面均取得很高成就。文纵横恣肆;诗题材广阔,清新豪健,善用夸张比喻,独具风格,与黄庭坚并称"苏黄";词开豪放一派,与辛弃疾同是豪放派代表,并称"苏辛";散文著述宏富,豪放自如,与欧阳修并称"欧苏",为"唐宋八大家"之一。其代表作品有:《水调歌头》《赤壁赋》《念奴娇·赤壁怀古》《定风波》《江城子·密州出猎》《饮湖上初晴后雨》等。2000 年,法国《世界报》评出 1001 年—2000 年千年英雄,全球共有 12 位,苏东坡是唯一入选的中国人。

心泉流韵

诗论李清照

离别相思，
怀乡悼亡，
伤时念旧，
您一生有无限的
哀愁 ——
"红藕香残玉簟秋，
轻解罗裳，
独上兰舟。
花自飘零水自流，
一种相思，
两处闲愁。"
这是您与丈夫
天各一方的离愁。
"伤心枕上三更雨，
点滴霖霪。
点滴霖霪。
愁损北人，
不惯起来听。"
这是您对祖国
山河破碎的悲愁。
"春归秣陵树，
人老建康城。
感月吟风多少事，
如今老去无成。
谁怜憔悴更凋零。"
这是您对时序变迁

青春易老的忧愁。
……

柔肠一寸愁千缕，
薄雾浓云愁永昼。
此情无计可消除，
才下眉头，
却上心头。

遣词造句，
气机流动，
铺锦叠绣，
您是驾驭文字的
超级妙手。
您工于修辞——
"寻寻觅觅，
冷冷清清，
凄凄惨惨戚戚。"
《声声慢》开篇十四叠，
沉痛哀婉，
悲惨凄凉，
令人感同身受。
您擅于造意——
在您的词中，
不仅有满地黄花，
梧桐细雨，
更有薄雾浓云，
瑞脑金兽，
东篱把酒，
暗香盈袖。
……

多姿多彩，

尽显风流。

不要说您只属于婉约，
仅有阴柔，
婉约的琴弦有时
也会把豪放高奏：
"生当作人杰，
死亦为鬼雄。
至今思项羽，
不肯过江东。"
短短一首绝句
刚烈胜过男儿，
犹如虎啸狮吼。
语出惊人，
才高八斗，
词压江南，
文盖塞北。
您是名符其实的
词国皇后。

注：李清照（1084—1155年），号易安居士，济南人。宋代女词人，婉约词派代表，有"千古第一才女"之称。被誉为"词国皇后"，曾"词压江南，文盖塞北"。李清照出生于书香门第，早期生活优裕，其父李格非藏书甚富，她幼年时就在良好的家庭环境中打下文学基础。出嫁后与丈夫赵明诚共同致力于书画金石搜集整理。金兵入据中原时，流寓南方，境遇孤苦。所作诗词，前期多写其悠闲生活，后期多悲叹凄凉身世，情调感伤。其代表作有《声声慢·寻寻觅觅》《一剪梅·红藕香残玉簟秋》《夏日绝句》等。自明朝以来，中国出现了济南、青州、金华、章丘等四处"李清照纪念馆（堂）"，其中尤以山东章丘李清照纪念馆出名。该馆建筑规模大，自然景观美，文化品位高，馆藏资料全，代表着李清照学术研究的最新成果。

诗论陆游

激情似火，
那是您对祖国的热爱
与忠诚；
早岁，您不知世事
多维艰 ——
北望中原，
气势如虹！
瓜洲渡
楼船雪夜；
大散关
铁马秋风。
晚年，您僵卧孤村
不自哀 ——
戍轮台
尚思为国；
听风雨
冰河入梦。
就连临终《示儿》
的遗嘱，
依然念念不忘
"王师北定中原日，
家祭勿忘告乃翁。"

柔情似水，
那是您对爱情的倾诉
与忠贞：
难忘那一年
浙江绍兴 ——
江南三月，
丽日春风。
你青春年华
风度翩翩；
她清水芙蓉
娇艳绯红。
一只精美无比的
家传凤钗作证，
您与唐婉开启了
琴瑟和鸣的恋情。
谁料得
世事无常，
"东风恶，欢情薄
一怀愁绪，十年离索，
错，错，错。"
"山盟虽在，锦书难托，
莫，莫，莫。"
沈园一首《钗头凤》，
字字泪凝，
句句心痛。
直伤得唐婉
"晓风干，泪痕残，"
"病魂常似秋千索。"

最终为您殒命。

"千年诗界谁好汉，

亘古男儿一放翁。"

注：陆游（1125—1210 年）字务观，号放翁，越州山阴（今浙江绍兴）人，南宋文学家、史学家、爱国诗人。陆游生逢北宋灭亡之际，少年时即深受家庭爱国思想的熏陶。因坚持抗金，屡遭主和派排斥。罢官归居故里后，晚年长期蛰居山阴。公元 1210 年与世长辞，留绝笔《示儿》。陆游一生笔耕不辍，著有《剑南诗稿》85 卷，收诗 9000 余首。其诗多抒写抗金杀敌的豪情和对敌人、卖国贼的仇恨，风格雄奇奔放，沉郁悲壮，洋溢着强烈的爱国主义激情。不仅成为南宋一代诗坛领袖，而且在中国文学史上享有崇高地位。陆游的名篇《书愤》《示儿》《游山西村》等选入中小学生语文课本。在爱情上有沈园绝恋。陆游初娶表妹唐婉，夫妻恩爱，因陆母不喜，被迫与唐婉分离。多年后他们春游沈园相遇，陆游伤感之余，在园壁题写了著名的《钗头凤》。唐婉读罢不胜伤感，也和词一首，不久便忧郁而死。沈园亦由此而久负盛名。今绍兴沈园建有"陆游纪念馆"和"连理园"，为省级重点文物保护单位。

心泉流韵

诗论辛弃疾

您生于战乱：

"夜半狂歌北风起，

听铮铮，

阵马檐间铁，

南共北，正分裂"。

恢复中原，是您

终生不变的志向；

杀敌报国，您甘愿

抛洒一腔热血！

起义抗金，

擒贼斩寇，

八百里分麾下炙

依天长剑寒日月！

您长于填词，

不拘一格。

铜琶铁板，

豪放激越。

在您的笔下，

我们可以酣畅领略：

"马作的卢飞快，

弓如霹雳弦惊。"
百川浩荡争流，
满怀冰雪高洁。
"金戈铁马，
气吞万里如虎"，
试手补天，
男儿心似铁！

高歌狂放后
也有浅吟低唱，
浅吟低唱中让我们
领略您心泉的清波：
清风半夜鸣蝉，
明月别枝惊鹊。
稻花香里说丰年，
听取蛙声鸣和。
"翠竹千寻上薜萝，
东湖经雨又增波。
只因买得青山在，
却恨归来白发多。"
……

人生总有遗憾，
您最大的遗憾
就是未能收复

祖国山河；

人生各有收获，

您最大的收获

就是终成一代词宗

还有义胆忠魂

的楷模！

注：辛弃疾（1140—1207年），字幼安，别号稼轩，山东东路济南府历城县（今山东省济南市历城区遥墙镇四风闸村）人。南宋官员、将领、文学家，豪放派词人，有"词中之龙"之称。与苏轼合称"苏辛"，与李清照并称"济南二安"。辛弃疾生于金国，青年时参与耿京起义，擒杀叛徒张安国。回归南宋，先后在江西、湖南、福建等地为守臣，创制飞虎军，以稳定湖湘地区。由于他与当政的主和派政见不合，故而屡遭劾奏，数次起落，最终退隐山居，抱憾病逝。辛弃疾一生以恢复为志，以功业自许，却命运多舛、壮志难酬。但他始终没有动摇恢复中原的信念，而是把满腔激情和对国家兴亡、民族命运的关切、忧虑，全部寄寓于词作之中。其词艺术风格多样，以豪放为主，风格沉雄豪迈。今济南市历城区建有辛弃疾纪念馆，其中"一代词宗""义胆忠魂"为重要组成部分。

诗论秋瑾

女扮男装，
乘车看戏，
您冲破封建礼教。
提倡女学，
争取女权，
您创办《中国女报》。
跨马携枪，
东渡日本，
山河破碎，
怎敢逍遥！
抛家效国，
出生入死，
只为革命呼号！
视死如归——
敢剖丹心示赤诚；
气贯长虹——
死生一事付鸿毛！
身不得，
男儿列；
心却比，
男儿烈！
算平生肝胆，
因人常热。
俗子胸襟谁识您？
英雄末路不折腰！
三十一岁人生，

轰轰烈烈，
惊天动地。
鉴湖女侠，
绍兴三杰，
英名何人不晓？
您的生命长青
长青化作轩亭芳草，
春发大地，
夏绿原野，
秋冬不凋；
您的精神不老
不老化作轩亭红花，
四季常开，
千年不败，
万分妖娆。
听！今日中国学子
依然吟诵——
"不惜千斤买宝刀，
貂裘换酒也堪豪。
一腔热血勤珍重，
洒去犹能化碧涛。"

注：秋瑾(1875—1907年)，近代民主革命志士，自称"鉴湖女侠"，祖籍浙江山阴(今绍兴)，生于福建厦门。秋瑾蔑视封建礼法，提倡男女平等。在北京时秋瑾曾女扮男装，乘坐西式四轮马车去看戏，开创了上层社会女性进入戏园的先河。曾自费东渡日本留学，积极投身革命。1907年，她与徐锡麟等组织光复军，拟于7月6日在浙江、安徽同时起义，事泄被捕。同年7月15日，秋瑾从容就义于绍兴轩亭口。秋瑾牺牲后英名不朽，同周恩来和鲁迅一起并称为"绍兴三杰"。秋瑾的《满江红》词中"身不得，男儿列。心却比，男儿烈"之句，强烈表达了自己身为女子，却心胸不输男儿的气势，表现了新时期女子走出闺阁，独立自强的精神面貌。曾长期作为中学生课外推荐阅读的名篇。如今，这首词已取代岳飞的《满江红》，编入语文九年级下册的课本中。

诗论毛泽东

胸怀宇宙，
手转乾坤。
诗携雷电，
词裹风云。
您一出言，
语便惊人：
"春来我不先开口，
哪个虫儿敢作声？"
这是您少年时
咏蛙名句；
"书生意气，
挥斥方遒。
指点江山，
激扬文字，
粪土当年万户侯。"
这是您青年时
一腔豪情。

您有凌云壮志：
"可上九天揽月，
可下五洋捉鳖，
谈笑凯歌还。"

您有铁骨柔情：

对亲人一往情深

"杨柳轻扬直上重霄九"，

您让吴刚捧出桂花酒，

"寂寞嫦娥

舒广袖，万里长空

且为忠魂舞。"

对人民牵挂在心 ——

"大雨落幽燕，

白浪滔天，

秦皇岛外打鱼船，

一片汪洋都不见，

知向谁边？"

对敌人绝杀赶尽 ——

"七百里驱十五日，

横扫千军如卷席。"

"宜将剩勇追穷寇，

不可沽名学霸王。"

"要扫除一切

害人虫，全无敌！"

您大笔如椽：

万里长征，

举世闻名。

在您笔下

只不过了了八句。

心泉流韵

"万水千山只等闲"
何等豪迈！
"三军过后尽开颜"
一语完收。
您潇洒至极：
"才饮长沙水，
又食武昌鱼。
万里长江横渡，
极目楚天舒。"
"不管风吹浪打，
胜似闲庭信步。"
您洞察人类历史：
"人猿相揖别，
只几个石头磨过。
人世难逢开口笑，
上疆场彼此弯弓月。
五帝三皇神圣事，
骗了无涯过客。"
您评点千古帝王：
"惜秦皇汉武
略输文采，
唐宗宋祖
稍逊风骚。
一代天骄
成吉思汗，
只识弯弓射大雕。"

您心里装着
人民乐园：
"喜看稻菽千重浪，
遍地英雄下夕烟。"
"陶令不知何处去，
桃花源里可耕田。"
您胸中怀着
大同世界：
"而今我谓昆仑，
不要这高，
不要这多雪。
安得倚天抽宝剑，
把汝裁为三截？
一截遗欧，
一截赠美，
一截还东国。
太平世界，
环球同此凉热。"

如此思想，
如此胸怀，
如此胆略，
如此气概，
如此境界，
如此文采，
古今中外

诗圣诗仙

谁人能比？

千古不朽

日月同辉

数风流人物

非您莫属！

注：毛泽东（1893 年 12 月 26 日—1976 年 9 月 9 日），字润之，湖南湘潭人。中国人民的领袖，伟大的马克思主义者，无产阶级革命家、战略家和理论家，中国共产党、中国人民解放军和中华人民共和国的主要缔造者和领导人，政治家，思想家、军事家和哲学家。毛泽东被视为现代世界历史中最重要的人物之一，《时代》杂志也将他评为 20 世纪最具影响 100 人之一。毛泽东不仅是一位政治伟人，也是一位伟大的诗人。毛泽东诗词意境高远，蕴涵丰富，表达了毛泽东的心路历程、伟岸人格和光辉思想。"推翻历史三千载，自铸雄奇瑰丽词。"这是柳亚子对毛泽东的由衷赞叹。《沁园春·雪》是毛泽东诗词的巅峰之作。词中，伟人思接千载，视通万里，纵观历史风云，评说千古帝王，最终作出了"俱往矣，数风流人物，还看今朝"的历史性结论。作为中国无产阶级革命的第一代领袖，他的诗词反映了中国无产阶级革命和直到他去世前社会主义建设的全部历程，展现了中国革命和建设的波澜壮阔的宏伟画卷。作为集无产阶级政治家、军事家、哲学家、思想家同时又是书法家和诗人于一身的杰出领袖人物，毛泽东的诗词又是他一生的政治理想、生活追求、哲学观念、思维方式、生活阅历、切身感受、思想境界、人生情致、创造才能和审美情趣的集中反映。古人说："诗有史，词亦有史，庶乎自树一帜矣。"这样的评价，毛泽东是当之无愧的。

（本章诗歌原载《华文月刊》，《今日头条》选发）

心泉流韵

诗论诗家谁发声
柳林流响出疏桐
（代后记）

——柳振君《诗论诗家》赏读

徐放鸣

作者简介：徐放鸣，中国当代学者，江苏师范大学美学教授，原江苏师范大学校党委书记。全国马列文论研究会副会长、中国中外文艺理论学会理事、中国教师教育学会理事、江苏省美学学会理事，CCTV百家讲坛主讲人之一。主要著述有：《审美文化新论》《沫若诗话》《创作个性研究》《真理与人格的文化精神》《高校美育概论》等。

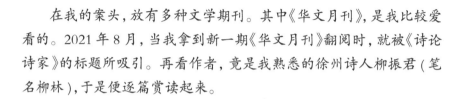

在我的案头，放有多种文学期刊。其中《华文月刊》，是我比较爱看的。2021 年 8 月，当我拿到新一期《华文月刊》翻阅时，就被《诗论诗家》的标题所吸引。再看作者，竟是我熟悉的徐州诗人柳振君 (笔名柳林)，于是便逐篇赏读起来。

穿越历史两千载
诗论诗人十二家

中国是一个诗的国度。在中华文化的历史长河中，诗人灿若星河，作品浩如烟海，风格异彩纷呈。仅大唐一代就产生了 2500 多名诗人，创作了 5 万多首诗歌。从如此众多的诗人诗歌中，精选出 12 位大家并以诗论之，这不仅需要作者具有超常的眼力和精力，还要有深厚的诗学功力。作者从战国时期的中国诗人屈原开始，依次将自己的目光投向大唐时代的李白、杜甫、白居易、王维、刘禹锡、柳宗元；投向大宋时代的苏东坡、辛弃疾、李清照、陆游；投向近代的秋瑾，及至新中国的缔造者、中国人民的伟大领袖毛泽东。在选定了这些诗词大家之后，作者还要深入探究他们的人生经历，深入研读他们不同时期的作品，深入品味他们政治上的潮起潮落、生活中的酸甜苦辣、情感上的喜怒哀乐和悲欢离合；准确把握他们题材上的山水田园、风花雪月、家愁国痛、亲离友别，以及风格上的豪放或婉约。然后再用诗的语言融入自己的认知和观点，给予精准评论。试想，这其间作者要耗费多少时间和精力，多少汗水和心血啊！对作者的这种毅力、执着和精神，同时也是对社会的奉献，我由衷地敬而赞之。作者所论之诗家，倘若在天有灵，也会为之感动的！

认知独到有锐眼
精选诗家见功夫

古今诗人成千上万。选定哪家予以诗论？这是对作者眼力和功力的一次检验。以作者所选的大唐诗人为例，李白是诗仙，杜甫是诗圣，白居易是诗王，他们是公认的唐代最为著名的"三大诗人"，入选论之理所当然。而对王之焕的选定就要凭作者的独到认知了。王之

焕一生留下诗歌作品极少，总计只有 6 首。数量虽然很少，但首首都是精品。一首《登鹳雀楼》四句 20 个字，就形象地揭示出"登高才能望远"的人生哲理；一声"羌笛何须怨杨柳，春风不度玉门关"的感叹，家喻户晓，千古流传。王之涣诗存 6 首却能称霸盛唐诗坛，以少胜多堪为典范。作者选作评论，足见认知独到。另外，在从对近代秋瑾的选定来看，也足见作者眼光的敏锐。与秋瑾同时代的著名诗人有黄遵宪，他是中国近代文学史上诗界革命的最早倡导者，有诗界革新导师之称；有柳亚子，他是一个以诗歌为武器的政治诗人，在中国近代诗歌发展史上，其诗词横空出世，无疑具有划时代意义；有闻一多，他是集诗人、学者、民主斗士三重人格于一身的历史人物，作为近代著名诗人，他是新月派代表；有徐志摩，他曾任《新月》主编，又创办《诗刊》，极力追求诗美，对中国新诗的发展有很大贡献。其代表作《再别康桥》堪称其诗作中的绝唱。然而对于以上四位著名诗人，作者都没有选为诗论，唯独选定了秋瑾。原因何在？因为秋瑾是一个天下男子见之应觉惭愧，女子更不应该忘却的巾帼侠女。她是中国女权和女学思想的倡导者，是近代民主革命的志士。在其《对酒》一诗中，她释放出"不惜千金买宝刀，貂裘换酒也堪豪"的豪情；在其《满江红》一词中，她尽显出"身不得，男儿列。心却比，男儿烈"的刚烈。她志壮，"拼将十万头颅血，须把乾坤力转回"；她忠烈，一腔热血荐轩辕，赤胆忠心昭日月！在作者写出《诗论秋瑾》之后不久，秋瑾的《满江红》一词就取代了岳飞的《满江红》，入选人教版九年级下册语文课本，这足见作者的认知和眼力确有独到之处。

求真向善崇尚美
诗话诗家诗亦佳

语言凝练，个性鲜明。

语言凝练，是诗歌最为显著的特征。诗歌由于高度集中地反映社会生活，较之其他文学样式对语言有更高的要求。它要求言简意赅，用较少的语言表现丰富的内容、生动的形象。著名诗人公木说："文学是语言的艺术，特别是诗歌，它是经过提炼的最精粹的语言。"《诗论》作者在《诗论苏轼》开头部分语言就十分凝练：

"出生眉州，
初知密州，
谪居黄州，
流放儋州，
逝于常州，
葬于汝州"。

在这里作者仅用了 6 个短句 24 个字，就高度概括了苏东坡 56 岁的人生历程和活动轨迹。语言凝练，可谓精典。诗人千百家，诗作千万首，但每一个诗人都带有他那个时代的烙印，都具有他不同于别个的个性特色。在这一方面，《诗论诗家》是做到了的。当我们读到屈原时，眼前就仿佛呈现出一幅屈子行吟图，眼见他"路漫漫其修远兮，吾将上下而求索"；当我们读到李白时，眼前就仿佛看到诗仙飘然天上来，"天子呼来不上船，自称臣是酒中仙"；当我们读到杜甫时，眼前就仿佛看到他那茅屋为秋风所破，一生穷愁潦倒、贫病交加，而又不失"致君尧舜上，再使风俗淳"的宏伟抱负……12 位诗家个性鲜明，各具特色。这反映出《诗论》作者对他们的研究是深透的，把控也是精准的。

音韵和谐，富有节奏。

诗是能唱易记讲究韵律的文学体裁，押韵是诗歌的主要特征。因为只有押韵，才能使合乎韵律的相同的声音，在诗歌中形成有规律的反复，给诗歌的声音组合，创造出一种回环相押、抑扬顿挫的音乐美，从而加强诗歌的表现力和感染力。在这一点上，《诗论》作者也是努力做到的。比如在《诗论李清照》的结尾，作者这样写道：

"不要说您只属于婉约，
仅有阴柔，
婉约的琴弦有时
也会把豪放高奏：
生当作人杰，
死亦为鬼雄。
至今思项羽，

不肯过江东。
短短一首绝句,
刚烈胜过男儿,
犹如虎啸狮吼!
语出惊人,
才高八斗,
词压江南,
文盖塞北,
您是名符其实的
词中皇后!"

在这一段诗歌中,作者接连选用了"柔、奏、吼、斗、后"5个音声韵相同的字,形成了有规律的反复和回环,极富音乐美。同时,也使得这段诗歌具有了强烈的节奏感,让我们读起来,只直觉得胸胆开张,酣畅淋漓!

修辞多样,丰富形象。

一是巧妙引用所论诗家具有个性特色的诗句,提高自己的语言表达效果。如在《诗论毛泽东》中,绝大部分是引用毛泽东各个不同时期的经典诗句。由于这种引用是经过作者的精心挑选和巧妙组合,让我们读起来不仅没有"堆砌"之感,反而觉得十分优美与和谐。二是运用对比把所论诗家不同时期的人物形象区别得更加鲜明。例如在《诗论屈原》一诗中,上半部分开头一句是"不幸的是您";下半部分开头一句则是"幸运的也是您"。通过对屈原生前"生不逢时、政治失意、惨遭迫害、以死殉国",和其身后"精神传千古,神圣立丰碑。年年端午节,万民皆祭拜"的鲜明对比,使读者对屈原生前和身后两个不同时期的形象更加清晰。三是运用排比增强气势。好的诗歌、不只是语言的诗意和表达的舒缓与清新,还需要有思想和力度。而在如何强化思想和感情的表达力度方面,排比无疑是一个极度蕴含力度的形式。在作者所论的12个诗词大家中,《诗论毛泽东》是作为压轴的。这不仅是时代发展的自然顺序,更重要的是作为诗人的毛泽东,同唐宋时代那些诗词大家相比,更有其"杰出、超越、伟大"的一面。毛泽东的《七律·解放军占领南京》,堪称千古七言律诗之压卷;

后记

251

毛泽东的《沁园春·雪》，堪称千古词峰之造极。为了把《诗论诗家》最后推向高潮，达至顶峰，作者在《诗论毛泽东》的结尾部分，尽情地使用排比，同时兼有对比、层递、设问等多种修辞手法，贯足了诗文的气势。作者在诗中这样写道：

心泉流韵

> 如此思想，
> 如此胸怀，
> 如此胆略，
> 如此境界，
> 如此文采，
> 古今中外，
> 诗圣诗仙，
> 谁人能比？
> 千古不朽，
> 日月同辉
> 数风流人物，
> 非您莫属！

此处，作者连用5个"如此"的排比句式，从思想、胸怀、胆略、境界、文采等方面，把毛泽东同古今中外"诗圣诗仙"作比，突显其杰出与伟大。同时又用"谁人能比"作设问，"非您莫属"作回答，彰显毛泽东"千古不朽，日月同辉"之永恒！读着这一段诗句，我们只觉得如大河奔流，一泻千里，如万马奔腾，势不可挡。至此，我们可以清晰看出，原来作者此前所论的那些诗家，只不过是为《诗论毛泽东》所作的历史铺垫，而崇敬毛泽东、爱慕毛泽东、高歌毛泽东，才是作者之真意。

诚然，同任何事物都是一分为二一样，《诗论诗家》也有不足之处。比如：议论诗句偏多，形象诗句偏少；引用诗句偏多，点化诗句偏少。但这毕竟瑕不掩瑜，《诗论诗家》可以走进千家万家也。

（原载《华文月刊》）